SONJA DÜNEN

Watt'n Glück

W0321876

Sonja Dünen wurde 1974 in Stuttgart geboren. Bereits mit siebzehn schrieb sie einige Kurzgeschichten und verfasste ihren ersten Roman. Durch Studium, Job und Familienplanung hat sie das Schreiben danach eine Zeit lang aus den Augen verloren. Seit einigen Jahren schreibt sie jedoch fast täglich wieder neue Geschichten. Sie lebt mit ihrem Sohn und zwei Wellensittichen in einem alten Bauernhaus in der Nähe von Köln.

Nachdem ihr Freund Axel aus heiterem Himmel mit ihr Schluss gemacht hat, blieb der Wattführerin Fenja keine Wahl: Sie musste zurück in die Pension ihrer Mutter ziehen. Das war so nicht geplant und ist bisweilen recht turbulent, denn das »Haus Land unter« wird regelmäßig von dem Esel Max und dem Minischwein Moritz auf den Kopf gestellt. Erst als Fenja ein Häuschen für sich am Rande von Burhave findet, blickt sie hoffnungsvoll in die Zukunft. Doch während sie viel Zeit in die Renovierung ihres neuen Zuhauses steckt, macht ihr ein anderer Wattführer die Kunden streitig. Das Chaos ist perfekt, als Fenjas Gedanken sich immer mehr um den Matrosen Arndt drehen, der auf einem Containerschiff arbeitet. Dabei hat sie der Liebe doch erst mal aus dem Weg gehen wollen …

SONJA DÜNEN

Watt'n Glück

ROMAN

more
Immer mit Liebe

MIX
Papier | Fördert gute Waldnutzung
FSC® C083411

ISBN 978-3-98751-046-5

More ist eine Marke der Aufbau Verlage GmbH & Co. KG

1. Auflage 2024
© Aufbau Verlage GmbH & Co. KG, Berlin 2022
www.aufbau-verlage.de
10969 Berlin, Prinzenstraße 85
© 2022 by Sonja Dünen
Der Verlag behält sich das Text- und Data-Mining nach § 44b UrhG vor, was hiermit Dritten ohne Zustimmung des Verlages untersagt ist.
Umschlaggestaltung Christin Wilhelm, www.grafic4u.de
unter Verwendung von Motiven von © Lightboxx, mapman, kzww, DFLC Prints, yurok, Dario Lo Presti, Chantal de Bruijne/Shutterstock
Satz Greiner & Reichel, Köln
Druck und Binden CPI books GmbH, Leck, Germany

Printed in Germany

Für Aidan.

Kapitel 1

»Wo Finn nur bleibt?«, fragte Fenja und blickte auf ihre Uhr. Dabei fiel ihr wieder einmal eine ihrer roten halblangen Haarsträhnen ins Gesicht, die sie ungeduldig zurückstrich. »Wenn er nicht bald kommt, ist die Demonstration vorbei, bis wir dort auftauchen.«

»Er wird sicher gleich da sein.« Ihre beste Freundin Mareike lächelte sie beruhigend an. »Du weißt doch, wie schusselig er manchmal ist. Bestimmt hat er etwas vergessen.«

»Das kann gut sein.« Fenja grinste. »Na ja, so habe ich wenigstens noch genug Zeit, um die Post durchzusehen.«

Sie griff nach einem kleinen Stapel auf ihrem weißen Schreibtisch, der vor dem Fenster stand. Derweil machte es sich Mareike auf dem ebenfalls weißen Schaukelstuhl bequem. Ihre geduldige Miene zeigte, dass sie es gewohnt war, auf Finn zu warten.

»Oh«, machte Fenja.

»Was ist denn?« Neugierig blickte Mareike sie an.

Mit einem Flyer wedelte Fenja vor der Nase ihrer Freundin herum. »In ein paar Tagen fängt ein neuer Wattführer an. Bent Olafsson heißt er. Klingt irgendwie sympathisch, was meinst du? Bestimmt ist er ganz nett.«

Überrascht riss Mareike die Augen auf. »So was. Frag mich nicht warum, aber ich war der festen Überzeugung, dass du die einzige Wattführerin in Tossens bleiben wirst.«

Fenja lachte. »Bin ich ja immer noch. Olafsson ist ein Mann.«

»Haha.« Mareike schnitt ihr eine Grimasse. »Du scheinst das recht locker zu sehen. Findest du nicht, dass es vielleicht …«

Sie kam nicht dazu, ihren Satz zu beenden, da ein keuchender Finn den Raum betrat, der wie gewohnt seine heiß geliebten Hippie-Klamotten trug und sich ein buntes Stirnband um die langen braunen Rastas geschlungen hatte. In einer Hand hielt er ein mehrmals gefaltetes Stück Stoff.

»Sorry, Mädels«, sagte er. »Ich hatte das Banner vergessen und musste noch mal zurück.«

»Typisch Finn«, erwiderte Mareike und seufzte tief. »Na, dann können wir ja endlich los.«

Die drei Freunde eilten durch die Pension von Fenjas Mutter Astrid, wo Fenja derzeit lebte. Als ihr Ex-Freund Axel vor ein paar Wochen abrupt die Beziehung beendete, hatte sie nicht gewusst, wo sie hinsollte. Zum Glück bestand ihre Mutter darauf, dass sie sich vorerst bei ihr einquartierte.

Doch daran wollte sie jetzt nicht denken. Sonst bekam sie schlechte Laune und fing womöglich an, zu grübeln.

An Finns kleinem, klapprigem Fiat angekommen, der auf dem Pensionsparkplatz stand, zwängte sich Fenja auf den Rücksitz, wobei sie sich fast in ihrem schwarzen langen Kleid verhedderte. Warum musste er nur einen Dreitürer fahren?

Auch Finn hatte mit seinen eins neunzig Schwierigkeiten, einzusteigen. Nachdem er sich wieder einmal den Kopf am Türrahmen gestoßen hatte, murmelte er einen Fluch.

»Gut, dass ich nicht so groß geraten bin«, sagte Mareike, die ein wenig schadenfroh klang.

Finn verzichtete auf einen Kommentar. Stattdessen versuchte er den Motor zu starten, was ihm nach drei Anläufen auch gelang. Mit quietschenden Reifen fuhr er los, nur um wenige Meter später wieder anzuhalten, weil Mareike ihn mit schriller Stimme darum bat.

»Hast du was vergessen?«, fragte Fenja.

»Nein, ich habe mir die Haare in der Tür eingeklemmt.« Ruckartig öffnete Mareike die Beifahrertür, um Teile ihrer über hüftlangen braunen Haare in das Fahrzeug zu befördern. Sie knallte die Tür wieder zu. »So, jetzt können wir.«

»Von der Körpergröße her bist du zwar ein Zwerg, aber deine Haare machen das definitiv wett.«

»Nenn mich nicht Zwerg«, beschwerte sich Mareike sofort und schlug Finn spielerisch auf den rechten Unterarm.

Er warf ihr einen kurzen Blick zu. »Hab ich Zwerg gesagt? Ich meinte natürlich Elfe. Du bist selbstverständlich ein wahrhaft elfengleiches Wesen.«

»Hör lieber auf, Mareike zu ärgern. Du weißt, dass du es bereuen wirst, wenn sie richtig loslegt.«

Von ihrem Heimatort Burhave waren es etwa fünfzig Kilometer auf dem Landweg bis nach Bremerhaven. Sie parkten ein Stück vom Hafengelände entfernt und gingen den Rest zu Fuß.

Beinahe hätte Finn das neben ihr auf dem Rücksitz liegende Banner vergessen, doch Fenja erinnerte ihn mit einem nachsichtigen Kopfschütteln daran.

»Gut, dass dein Kopf festgewachsen ist«, sagte sie. »Ansonsten müsste ich dich an den auch ständig erinnern.«

»Dann kannst du nur hoffen, dass ich nicht irgendwann als kettenklirrendes Gespenst mit dem Kopf unter dem Arm herumlaufe.«

»Das tue ich, mein Lieber, das tue ich.«

Auf dem Hafengelände angekommen, mischten sie sich unter die Demonstranten, die sich auf den von der Polizei freigegebenen Teilen versammelt hatten. Das Polizeiaufgebot war trotz der vielen Menschen moderat, da die Klimaschutzdemonstrationen für ihren friedlichen Ablauf bekannt waren.

Als sich Fenja umblickte, sah sie einige Demonstranten, die selbst gemachte Plakate hochhielten. Neben »Rettet das Klima« sah sie »Das Klima ändert sich – warum nicht auch du?« und »Weniger Plastik ist Meer«.

Sie nahm Finn das Banner ab, um es zu entrollen. Es trug den Schriftzug »Kein Grad weiter«. Der weiße Stoff wies durch mehrere Demonstrationen eine inzwischen eher gräuliche Farbe auf, doch der Slogan selbst war noch problemlos zu erkennen. Gemeinsam mit Mareike und Finn hielt sie das Banner in die Höhe.

Immer wieder drängten sich Hafenarbeiter und Seeleute durch die Menge im Versuch, ihre Fahrzeuge zu erreichen. Obwohl sie der eine oder andere schiefe Blick traf, machte keiner der Demonstranten Anstalten, sie verbal oder gar körperlich anzugehen.

Ein hochgewachsener, schwarzhaariger Mann in Ölzeug mit einem großen Seesack, den er geschultert hatte, erregte ihre Aufmerksamkeit. Er wirkte nicht gerade erfreut über die vielen Demonstranten, da er sich recht ruppig durch die Menge drängte.

»Lasst mich doch einfach mal durch«, sagte er in genervtem Ton zu mehreren jungen Leuten, die sich angeregt unterhielten. »Stellt euch vor, ich habe heute noch etwas zu erledigen.«

Sie standen in einer Gruppe beisammen und hatten ihn anscheinend noch nicht bemerkt. Auf seine Worte drehten sie sich zu ihm herum.

»Ist ja schon gut, Mann«, sagte einer von ihnen und hob in entwaffnender Geste beide Hände. »Bleib mal gechillt.«

»Genau«, sagte ein anderer. »Wir wollen keinen Stress. Alles ganz friedlich, Mann.«

Obwohl die Jugendlichen ihm bereitwillig Platz machten, warf er ihnen einen finsteren Blick zu, bevor er sich an ihnen vorbeischob. Am liebsten wäre Fenja zu ihm gegangen, um ihn zu fragen, was das sollte.

Alle anderen Werftarbeiter und Seeleute schafften es ja auch durch die Menge, ohne herumzumurren. Vermutlich sympathisierten sogar einige mit den Klimaaktivisten. Bei diesem Mann schien das offensichtlich nicht der Fall zu sein.

Doch Fenja kam nicht dazu, sich weitere Gedanken zu machen, denn der erste Redner bestieg mit einem Mikrophon die kleine Bühne. Bevor er auch nur ein Wort gesagt hatte, begrüßten ihn die Demonstranten mit Jubel und frenetischem Applaus, in den Fenja einfiel.

***

Nachdem sich Fenja in Burhave von ihren Freunden verabschiedet hatte, betrat sie die Pension ihrer Mutter, die diese in einer ihrer seltsamen Anwandlungen von Humor *Haus Land unter* getauft hatte. Glücklicherweise tat der Name dem Erfolg keinen Abbruch.

Ganz im Gegenteil schienen die Gäste ihn recht erfrischend zu finden, gemessen am vielen Lob, den ihre Mutter dafür erhielt. Vermutlich hatte sie den Namen goldrichtig gewählt, denn so bekam sie die Art von Gästen, die ihr am liebsten waren: humorvoll und etwas schräg.

Leider hatte sie sich bei der Namensgebung ihrer Tochter vor neunundzwanzig Jahren als ähnlich schräg erwiesen. Warum hätte sie sonst auf die Idee kommen sollen, Fenja nach ihren Großmüttern zu benennen? Grundsätzlich war das ja völlig in Ordnung, bis auf eine Kleinigkeit.

Sie konnte wahrhaft dankbar sein, dass zumindest der erste Teil ihres Namens zu ertragen war. Leider hatte sich ihre Mutter für einen Doppelnamen entschieden, um keine ihrer Großmütter zu benachteiligen. Daher hatte sie das zweifelhafte Glück, Fenja-Giesberta zu heißen.

In Kombination bedeutete er die Friedliche, Glänzende, wenn man ihn freundlich auslegte. Was während ihrer Kindheit jedoch niemanden interessiert hatte. Bereits im Kindergarten hatte Fenja daher darauf bestanden, nur mit dem ersten Teil ihres Namens angesprochen zu werden. Was zu ihrer Erleichterung größtenteils funktioniert hatte.

Ein Rascheln und Trampeln kam aus dem kleinen Speisesaal, der an den Eingangsbereich grenzte. Fenja unterdrückte ein Seufzen, da sie sich schon denken konnte, woher die Geräusche stammten.

Dass die Tür nur angelehnt war, bekräftigte ihren Verdacht. Ein Anflug von Panik stieg in ihr auf bei dem Gedanken, was sie wohl hinter der Tür erwartete. Hoffentlich war keine Renovierung nötig.

Zwei Übeltäter verursachten mit an Sicherheit grenzender Wahrscheinlichkeit die Geräusche. Fenja liebte die beiden über alles, doch so manches Mal kosteten sie sie fast den letzten Nerv.

Einer der zwei konnte zu ihrem Leidwesen Türen öffnen, was er bei jeder sich bietenden Gelegenheit tat. Zudem war er so schlau, sie mit seinem Hinterteil wieder zu schließen, was ihm heute nicht bis zur Gänze gelungen war.

Fenja betrat todesmutig den Speiseraum und scannte ihn. Sämtliche Möbel sahen intakt aus, das war schon mal gut. Okay, der Laminatboden wirkte etwas mitgenommen, aber das ließ sich mit Schrubber, Reinigungszeug und Wasser leicht beheben.

Halb belustigt, halb verzweifelt blickte Fenja die beiden Übeltäter an. »Ihr macht euren Namen wirklich alle

Ehre«, sagte sie mit mildem Vorwurf in der Stimme, bevor sie die Situation genauer in Augenschein nahm.

Ein stets etwas zerzaust wirkendes Minischwein mit einem schwarzen Fleck über dem rechten Auge transportierte gerade flotten Schrittes einen silberfarbenen Löffel quer in seinem Maul durch den Raum. Den Blick in seinen Augen interpretierte Fenja eindeutig als triumphierend.

Ebenso wie den des grauen kleinen Esels, der sicherlich maßgeblich zur Entwendung des Utensils beigetragen hatte. Dass dem so war, erkannte Fenja Sekunden später an der offen stehenden Besteckschublade.

Minischwein Moritz war eindeutig zu klein, um dort heranzukommen. Daher musste es Max gelungen sein, sie irgendwie zu öffnen und seinem besten Kumpel das Diebesgut zu überreichen, damit er es entwenden konnte. Längst hatte Fenja aufgehört, sich darüber zu wundern, wie er dergleichen zustande brachte.

Momentan war Max schwer damit beschäftigt, die Blumen zu fressen, die auf den Eichentischen aus Massivholz standen. Dass er dabei die Vasen umwarf, störte ihn nicht. Wie es auf den ersten Blick aussah, waren alle heil geblieben. Immerhin musste Fenja also nur die nassen blauweiß karierten Tischdecken auswechseln, das Wasser aufwischen und die Vasen aus Blauglas neu befüllen.

»Was um alles in der Welt willst du mit einem Löffel?«,

fragte Fenja. »Es wäre mir neu, dass du jetzt Besteck für ein Drei-Gänge-Menü brauchst.«

Als Antwort ließ Moritz ein fröhliches Quieken vernehmen, wobei er peinlichst genau darauf achtete, seine Beute nicht loszulassen. Max war wohl der Ansicht, dass ihm zu wenig Aufmerksamkeit zukam, denn er ließ von den kümmerlichen Blumenresten ab und trabte auf Fenja zu.

Mehrmals stupste er sie auffordernd gegen eine Schulter, bis sie ihm durch das strubbelige Fellbüschel an seiner Stirn wuschelte. Dies wiederum schien Moritz zu missfallen, da auch er zu Fenja ging, um sie anzustupsen.

Er kam allerdings nur bis zu ihrem Knie. In der Gewissheit, dass sie angesichts des Charmes der beiden wie immer verloren hatte, beugte sie sich hinunter, um auch ihn zu streicheln.

Danach war es an der Zeit, die Blumen zu retten, die sich Max noch nicht einverleibt hatte. So schnell sie konnte, rannte Fenja zu den beiden verbliebenen Tischen, auf denen die Vasen noch senkrecht standen. Sie stellte sie auf einen Schrank, der wie die Tische aus Eiche-Massivholz bestand.

Als sie sich umdrehte, sah sie Max, der sie mit einem eindeutig beleidigten Blick bedachte. »Du sturer Esel«, sagte sie und lachte. »Tut mir leid, dass ich deine Pläne durchkreuzt habe.«

Nun machte sich Fenja daran, Moritz den Löffel zu entwenden. Täte sie es nicht, würde er ihn hundegleich irgendwo verbuddeln, und er wäre nie wieder aufzufinden. Daher eilte sie dem Minischwein hinterher, das seinen Schritt beschleunigte, als es seine Verfolgerin bemerkte.

Den Kopf des exakt siebenundsiebzig Zentimeter langen Moritz zu erhaschen, erwies sich als recht kompliziert. Seine Schnauze störrisch gesenkt, zeigte sich das Minischwein alles andere als willig, seine Beute herzugeben.

Gerade als es ihr gelungen war, Moritz' Hinterteil zu umgreifen, quiekte er empört auf und machte einen Satz. Dies führte dazu, dass Fenja wenig elegant ein Stück über den Boden schlitterte, woraufhin sie nach vorne fiel. Ein tiefer Seufzer entfuhr ihr, und sie barg ihr Gesicht einen Augenblick in den Armen.

Als sie sich aufrichtete, hörte sie hinter sich ein leises Lachen, das unmöglich von den Tieren stammen konnte. Immer noch kniend, blickte sie sich um. Wen sie sah, war ausgerechnet der unhöfliche Typ von der Demonstration. Was wollte *der* denn hier? Momentan wirkte er allerdings nicht genervt, sondern ausgesprochen amüsiert.

Fenja seufzte erneut. Der Tag schien sich eindeutig nicht zu ihrem Vorteil zu entwickeln. »Können Sie nicht anklopfen?«, fragte sie, wobei sie versuchte, ihrer Stimme einen neutralen Ton zu verleihen.

»Das habe ich«, erwiderte der Mann und deutete vielsagend auf den Türrahmen. »Sie haben mich wohl nicht gehört, weil Sie … beschäftigt waren.«

»Aha.«

»An der Rezeption war niemand, weswegen ich den Geräuschen nachgegangen bin«, sagte er mit einem Gesicht, in dem es eindeutig arbeitete. Sekunden später gab er auf und brach in schallendes Gelächter aus.

Schlagartig kam er Fenja gar nicht mehr so unsympathisch vor. Da sie sich ohnehin blamiert hatte, nutzte sie die Gelegenheit. Zu zweit würden sie es eher schaffen, Moritz seine Beute zu entreißen.

»Na ja, wenn Sie schon mal hier sind, könnten Sie mir vielleicht helfen?«, fragte sie daher.

»Wenn ich mich hier so umschaue, haben die zwei Rabauken bereits ganze Arbeit geleistet.«

Der Mann trat zu Fenja und hielt ihr eine Hand hin. Sie ergriff sie, und er half ihr auf. Nachdem sie sich hochgerappelt hatte, sah auch sie sich nochmals im Speisesaal um. Sie musste grinsen, denn er hatte eindeutig recht. Es würde einige Zeit in Anspruch nehmen, den Raum wieder gästegerecht herzurichten.

Dennoch winkte sie ab. »Das war noch gar nichts. Diesmal sind wenigstens keine Möbel zu Bruch gegangen.«

Aus sicherem Abstand beobachtete Moritz den Neuankömmling, wohingegen Max näher kam, da die Objekte seiner Begierde sich nun außer Reichweite befanden. Zutraulich schnupperte er am Ölzeug, das der Mann immer noch trug, woraufhin er ein paar Streicheleinheiten erhielt.

»Es geht darum, Moritz den Löffel wegzunehmen, den er sonst irgendwo verbuddeln wird.«

Der Mann schmunzelte. »Sie haben nicht zufällig noch einen Hund in der Pension, bei dem er sich das abgeschaut hat?«

Fenja schüttelte den Kopf. »Nur den Esel. Moritz kommt leider von selbst auf solchen Unsinn.« Sie erinnerte sich an ihre guten Manieren und streckte dem Mann die Rechte hin. »Ich bin übrigens Fenja Hanssen.«

»Oh, Verzeihung, wie unhöflich von mir«, erwiderte der Mann und ergriff sie. »Mein Name ist Arndt. Arndt Martens.«

Angesichts seines angenehmen Händedrucks verlieh ihm Fenja einen Sympathiepunkt, da sie es hasste, wenn jemand zu fest zudrückte. Oder zu lasch. Doch seinen Händedruck empfand sie als genau richtig und durchaus angenehm.

Gleichzeitig ließen sie los, woraufhin ihre Finger versehentlich übereinanderstrichen. Etwas verlegen lächelten sie sich an.

»Dürfen die beiden denn frei im Haus herumlaufen?«, fragte Arndt.

»Wenn es nach ihnen geht, schon.« Belustigt musterte Fenja die tierischen Übeltäter. »Normalerweise gehören sie allerdings auf die große Wiese hinter dem Haus. Oder in den Stall, wenn es zu kalt ist.«

»Wie kommen sie dann hier herein?«

»Das müssen Sie unseren Ausbrecherkönig fragen.« Fenja deutete auf Max. »Egal, was wir tun, er lässt sich immer etwas Neues einfallen.« Sie räusperte sich. »Wir sollten mal, bevor ihm noch mehr Ideen kommen.«

Wenn sie seinen vorwitzigen Blick richtig deutete, schmiedete er gerade Fluchtpläne. Sie musste aufpassen, dass er nicht an ihnen vorbeirannte. In dem Fall konnte es gefühlte Stunden dauern, bis sie ihn und das Minischwein eingefangen hatten.

»Wie gehen wir am besten vor?«

Auf Fenja wirkte Arndt recht unternehmungslustig. Ob er sich auf die bevorstehende Aufgabe freute? Sie selbst wusste aus leidiger Erfahrung, dass sich das Ganze länger hinziehen konnte, als ihr lieb war.

»Wir versuchen, ihn einzukesseln«, erklärte sie. »Dabei ist es wichtig, dass wir Moritz keine Gelegenheit geben, an uns vorbeizuhuschen.« Sie hob einen Zeigefinger. »Und es ist wichtig, dass du tief arbeitest. Du siehst ja selbst, wie klein er ist.« Ihr fiel etwas auf und sie presste sich beide Hände auf den Mund. »Herrje, jetzt habe ich Sie geduzt. Tut mir leid.«

Lachend winkte Arndt ab. »Kein Problem. Das ist mir sowieso viel lieber.«

»Okay.« Erleichtert ließ Fenja den Atem aus ihrer Lunge entweichen. »Legen wir los?«

»Alles klar. Einkesseln, festhalten, Löffel erobern. Habe ich das richtig verstanden?«

Fenja nickte. Vorsorglich bewegte sie sich langsam zur Tür, um sie mit einem Ruck zu schließen. Für Max bedeutete es zwar kein Problem, sie wieder zu öffnen, doch sie musste auf ihr Glück vertrauen, denn einen Schlüssel hatte sie nicht.

Auf ihr Handzeichen bewegten sich die beiden langsam in gebückter Haltung in Richtung des Minischweins, wobei Fenja hoffte, dass Max nicht auf die Idee kam, seinem Kumpel zu Hilfe zu eilen. Es wäre nicht das erste Mal, dass sie von ihm einen kräftigen Stubs in den Allerwertesten erhielt.

Heute schien sich der kleine Esel allerdings mit der Rolle des Zuschauers zu begnügen. Als Fenja zu ihm schielte, stand er immer noch in der Nähe der Tür und machte keine Anstalten, sich darauf zuzubewegen. Womöglich wartete er jedoch nur auf den richtigen Augenblick, um sie zu öffnen, während sie gerade abgelenkt war.

Auch Moritz rührte sich momentan nicht von der Stelle. Vorhin war er fast bis zur Wand zurückgewichen. Dort stand er nun und beäugte abwechselnd Fenja und Arndt. Wie sie ihn kannte, wartete er nur auf den richtigen Moment, um voll durchzustarten.

»Wenn wir es nicht in ein paar Minuten schaffen, hole ich am besten ein paar Leckerlis«, raunte Fenja ihrem Helfer zu. »Du musst dann nur die Tür bewachen.«

»Alles klar«, gab Arndt ebenso leise zurück.

Kurz bevor sie Moritz erreichten, sah Fenja, wie er seine Muskeln anspannte. »Jetzt!«, rief sie.

Schnell machte Arndt einen Satz nach vorne, um sich auf das Minischwein zu werfen. Als es protestierend quiekte, riss Fenja die Augen auf in der Sorge, der kräftige Mann könnte es verletzt haben. Wobei sie sich hätte denken können, dass diese unbegründet war, da Moritz knapp neunzig Kilogramm wog.

Zu ihrer Erleichterung schien es ihm gut zu gehen. Der kleine Dieb zeigte sich lediglich schwer entrüstet, seiner Freiheit beraubt worden zu sein. Mit festem Griff hielt Arndt ihn umfangen, so dass Fenja nur noch am Löffel rütteln musste, bis Moritz ihn endlich freigab.

»Ob man den noch retten kann?«, murmelte sie, als sie die Bissspuren im Silberbesteck sah. »Na ja, Hauptsache, er hat nicht noch was vergraben.«

»Wäre das so schlimm?«, wollte Arndt wissen.

Fenja verzog das Gesicht. »Irgendwann ist die Wiese halt voll.« Da Arndt das Minischwein immer noch festhielt, fügte sie hinzu: »Könntest du eben so bleiben? Ich hole schnell die Halfter, sonst bekomme ich die beiden nicht zurück auf die Wiese.«

Amüsiert blickte er zu ihr hoch. »Kein Problem. Ich schließe solange Freundschaft mit ihm.«

»Aber sei vorsichtig. Wenn Max das nicht gefällt, kann er ganz schön rabiat werden.«

»Beeil dich besser. Moritz sieht nämlich derzeit auch nicht so aus, als wäre er an meiner Freundschaft interessiert.«

Als Antwort erhielt Arndt ein empörtes Quieken, verbunden mit dem Versuch, sich aus seinem Griff zu zappeln.

Nach einem Nicken eilte Fenja aus dem Raum. Zum Glück befanden sich die Halfter und Führleinen der beiden in weiser Voraussicht in einer Ecke der Rezeption an einem Haken.

Kurz darauf trugen die Vierbeiner Halfter und Führleine. Inzwischen schien sich Moritz mit seinem Schicksal abgefunden zu haben, denn er folgte brav Arndt, der ihn aus dem Speiseraum führte. Allerdings hatte Max nun ein Problem damit, auf die Wiese zurückzukehren. Störrisch schüttelte er den Kopf und stampfte mehrmals mit einem Vorderhuf auf.

Es bedurfte aller Überredungskünste Fenjas, bis er sich endlich dazu herabließ, mit ihr zu gehen. Gefolgt von Arndt und Moritz machten sie sich auf den Weg zur großen Wiese, die sich hinter dem Garten der Pension erstreckte.

Der Riegel an der Gattertür stand oben. Wieder einmal war es dem schlauen Esel gelungen, ihn zu öffnen. Ihre Mutter hatte schon öfter überlegt, ob es Sinn ergab, ein Vorhängeschloss anzubringen, sich jedoch stets dagegen entschieden. Es war ihr durchaus zuzutrauen, dass ihr insgeheim die Vorstellung gefiel, dass Max sich und Moritz befreien konnte.

Hätte sie Fenja dergleichen erzählt, wäre ihr deren Zustimmung sicher gewesen. Die beiden Tiere stellten zwar eine Menge Unsinn an, doch Fenja wollte es nicht missen. Zu liebenswert fand sie die beiden kleinen Halunken. Böse sein konnte sie ihnen ohnehin nicht.

Auf der Wiese angekommen, nahm sie ihnen die Halfter ab. Nach einem frechen Stups in Fenjas Seite galoppierte Max davon, wobei er mehrmals laut iahte. Moritz folgte ihm weitaus langsamer, da er es spannender fand, auf dem Boden herumzuschnüffeln.

Lächelnd beobachtete Fenja sie eine Weile. So sahen ihrer Meinung nach glückliche Tiere aus. Die beiden waren schon ein besonderes Gespann. Langweilig wurde es mit ihnen zumindest nicht. Sie hoffte sehr, dass ihr Max und Moritz noch lange erhalten blieben.

Zurück in der Pension ging Fenja hinter den Tresen, um Arndt als Gast aufzunehmen und ihm den Schlüssel zu überreichen. Sie hatte ihm gerade das Aufnahmeformular hingeschoben, als ein lauter Schrei aus dem Frühstücksraum drang.

»Hier ist ja ganz schön was los.« Arndt legte seinen Stift wieder hin und eilte los.

Nachdem sie erfolgreich einen Seufzer unterdrückt hatte, folgte ihm Fenja. Sie wusste bereits, zu wem die Stimme gehörte.

Eine hochgewachsene Frau mit grauer Lockenmähne stand mitten im Raum und begutachtete das Chaos. Theatralisch schlug sie die Hände über dem Kopf zusammen.

»Hallo Mama«, sagte Fenja, woraufhin sich Astrid ihr zuwandte.

»Hi Schatz.« In resignierter Geste hob sie halbherzig beide Hände und ließ sie wieder sinken. »Lass mich raten: Max und Moritz?«

Fenja musste lachen. »Wer sonst?«

***

Am nächsten Morgen betrat Fenja herzhaft gähnend den Frühstücksraum. Als sie gestern endlich im Bett gelegen hatte, war ihr natürlich ihr Ex-Freund Axel in den Sinn gekommen. Hartnäckig waren Gedanken an ihn und die Trennung durch ihren Kopf gegeistert. Fenja verstand immer noch nicht, warum er aus heiterem Himmel Schluss gemacht hatte.

Eine richtige Erklärung dazu wollte er ihr nicht liefern, egal, wie oft sie bei ihrem letzten Gespräch danach gefragt hatte. Er sagte nur, dass er keine Gefühle mehr für sie hätte und sie das akzeptieren müsse. Binnen drei Tagen habe sie seine Wohnung zu verlassen. Bei seinen Worten wurde Fenja wütend und warf ihm einige kräftige Ausdrücke an den Kopf.

Daraufhin drehte er sich ohne ein weiteres Wort um und ging. Da Fenja dummerweise damals ihre Wohnung gekündigt hatte und spontan zu ihm gezogen war, stand sie nicht mit im Mietvertrag. Deshalb hatte sie keine Ahnung, was sie tun sollte.

Nach einiger Zeit der tränenreichen Trauer und Verzweiflung stieg erneut Wut in ihr hoch. Was fiel diesem Mistkerl eigentlich ein, sie einfach vor die Tür zu setzen? Durfte er das überhaupt? Hatte er nicht irgendwelche Fristen einzuhalten?

Sie beschloss, ihre Mutter danach zu fragen. Inzwischen

fühlte sie sich seltsam leer, wie ausgesaugt. Normalerweise hätte sie sich immer noch traurig und verzweifelt darüber fühlen müssen, dass ihre dreijährige Beziehung von jetzt auf gleich vorbei war. Doch sie schien zu keiner Emotion mehr fähig zu sein.

Daher gelang es ihr, ihrer Mutter ruhig und sachlich am Telefon zu schildern, was sich zugetragen hatte. Astrid fackelte nicht lange, sondern befahl ihrer Tochter in resolutem Ton, ihre Sachen zu packen und so schnell wie möglich in die Pension zu kommen.

Zu diesem Zeitpunkt wussten Mareike und Finn noch nicht einmal etwas von der Trennung. Das erzählte Fenja ihnen erst am Abend des Folgetages. Auch die beiden verstanden nicht, was in Axel gefahren war, und verfluchten ihn mit kräftigen Worten. Sie hatten Fenjas Meinung geteilt, dass die Beziehung glücklich gewesen war.

Ein Trugschluss, wie sich herausgestellt hatte. Mehrmals suchte Fenja danach das Gespräch mit Axel. Sie wollte einfach verstehen, warum er so gehandelt hatte. Doch er ließ sich nicht darauf ein, weswegen sie schließlich aufgegeben hatte.

Tagsüber kam sie gut damit zurecht, da sie sich stets zu beschäftigen wusste. Als Wattführerin mit eigener kleiner Firma gab es immer etwas zu tun. Zudem half sie ihrer Mutter in der Pension, wo sie konnte.

Nur abends, wenn sie im Bett lag, stieg alles wieder in ihr auf. Jeden einzelnen Abend. Von der anfänglichen Emotionslosigkeit war nichts mehr zu spüren. Ganz im Gegenteil wechselten sich die unterschiedlichsten Gefühle ab. Sie reichten von Traurigkeit bis zu unbändiger Wut.

Dazu kamen die schier endlosen Gedanken, die sich im Kreis drehten. Dies führte dazu, dass Fenja derzeit nicht allzu gut schlief. Ziemlich mies, um genau zu sein.

Daher gähnte sie nun noch einmal und machte sich auf den Weg zum Büfett. Ihre Mutter hatte darauf bestanden, dass sie sich morgens wie ein Gast verwöhnen ließ, um für den Tag gerüstet zu sein. Dagegen hatte Fenja zwar protestiert, aber ihre Mutter blickte sie nur streng an.

»Fenja-Giesberta, ich dulde keine Widerrede!«, hatte sie gesagt, weswegen sich Fenja seufzend in ihr Schicksal fügte und jedes weitere Wort unterdrückte.

Als sie mit einem noch leeren Teller am Frühstücksbüfett anstand, hörte sie hinter sich einen an sie gerichteten Gruß. Sie blickte sich um und sah Arndt, der ebenfalls mit leerem Teller darauf wartete, dass er an der Reihe war.

»Na, sind Max und Moritz schon wieder ausgebüxt?«, fragte er und zwinkerte sie an.

Fenja lachte. »Zum Glück nicht. Sonst hätten wir den Frühstücksraum sicher nicht rechtzeitig sauber bekommen.«

»Hast du Lust, dich gleich mit zu mir an den Tisch zu setzen? Ich esse so ungern alleine.« Während er sprach, blickte Arndt zu Boden, als wäre es ihm ein wenig peinlich.

»Klar, warum nicht?«, erwiderte Fenja, wobei sie bereits überlegte, ob das eine so gute Idee war.

Gestern auf der Demo hatte er sich recht unfreundlich verhalten, was nicht gerade für ihn sprach. Andererseits zeigte er sich ihr gegenüber hilfsbereit und schien netter zu sein, als sie auf den ersten Blick gedacht hatte.

Dennoch hatte sie derzeit von Männern gestrichen die Nase voll. Aber Arndt machte ihr ja keine Avancen, sondern wollte nur mit ihr frühstücken. Sie beschloss, ihm eine Chance zu geben, da es kaum Schlimmeres für sie gab, als Menschen ohne Hintergrundinformationen vorzuverurteilen.

Kurz darauf saßen die beiden an Arndts Tisch. Hungrig biss Fenja von ihrem Brötchen ab und schaufelte sich zusätzlich eine Ladung Rührei in den Mund. Mit einem wohligen Gefühl schloss sie einen Moment die Augen. Ihre Mutter machte einfach das beste Rührei auf der ganzen Welt.

Als sie die Augen wieder öffnete, fiel ihr auf, dass Arndt sie belustigt anschaute. »Is was?«, fragte sie mit vollem Mund.

»Alles bestens. Ich staune nur über deinen gesegneten Appetit. Viele Frauen, die ich kenne, kauen ja kaum auf einem Salatblatt herum.«

»Issoch Qusch«, sagte Fenja. Sie bemerkte, dass sie nicht wirklich verständlich sprach, und schluckte erst einmal herunter. »Ist doch Quatsch«, wiederholte sie ihre Worte. »Also ich kenne keine einzige Frau, die sich mit einer Ziege verwechselt.«

Arndt lachte. »Nun, dann scheine ich wohl die falschen Frauen im Bekanntenkreis zu haben.«

»Bei deinem Job kommst du auch nicht mit sonderlich vielen in Kontakt.«

Arndt setzte an, etwas zu erwidern, doch er kam nicht dazu, da Astrid zu ihnen an den Tisch trat. Höflich erhob er sich halb und streckte ihr seine Rechte hin, die sie ergriff.

»Meine Tochter hat mir erzählt, dass Sie gestern geholfen haben, Max und Moritz einzufangen«, sagte Astrid. »Dafür wollte ich mich herzlich bei Ihnen bedanken.«

Mit einem Lächeln winkte Arndt ab. »Keine Ursache. Das habe ich gerne getan. Es war mal etwas ganz anderes, das muss ich schon sagen.«

»Allerdings.« Astrid seufzte. »Manchmal könnte ich die beiden Halunken am Schlafittchen packen und ordentlich schütteln.«

»Das würdest du nie übers Herz bringen, Mama. Du

schaffst es ja nicht mal, die Wiese in einen Hochsicherheitstrakt zu verwandeln.«

»Was soll ich machen?« Astrid zuckte mit den Schultern. »Die Gäste lieben die beiden, wie sie sind. Vor allem unsere Stammgäste würden mir aufs Dach steigen, wenn sie nicht ab und an tierischen Besuch bekämen. Und du übrigens auch.«

»Hast ja recht«, sagte Fenja und lächelte sie an. »Max würde es uns auch nie verzeihen, wenn wir ihm seinen Titel als Ausbruchskönig aberkennen.«

Astrid lächelte zurück. »Haben Sie alles, was Sie brauchen?«, fragte sie an Arndt gewandt.

»Alles bestens, vielen Dank. Vor allem das Rührei ist wirklich ein Gedicht.«

»Freut mich zu hören.« Sichtlich geschmeichelt strahlte Astrid ihn an. »Ach ja, Fenja, ich habe dir frische Handtücher aufs Zimmer gelegt.«

»Danke, das ist lieb.«

»Sie verwöhnen Ihre Tochter ja ganz schön«, sagte Arndt, dessen Gesichtsausdruck nicht erkennen ließ, wie er die angebliche Tatsache fand.

»Oh, keineswegs.« Astrid schüttelte den Kopf. »In der Pension ist Fenja eine echte Unterstützung. Ich habe ihr nur verboten, auch noch beim Frühstück mitzuhelfen. Sie macht mehr als genug für mich, und mit ihrem Geschäft hat sie ohnehin alle Hände voll zu tun. Wissen Sie, ich habe zu ihr gesagt: ›Fenja-Gies …‹«

Sofort hob Fenja mahnend einen Zeigefinger. »Untersteh dich!«

Ihre Mutter lachte. »Ist ja schon gut. Meine Lippen sind versiegelt.« Sie zwinkerte ihr zu. »Na, dann lasse ich euch jetzt mal weiter frühstücken.«

Mit einem jugendlichen Hüftschwung, der ihre siebenundfünfzig Jahre Lügen strafte, drehte sie sich um und eilte davon. Liebevoll blickte Fenja ihr nach, wie sie mit einem fröhlichen Lächeln die nächsten Gäste begrüßte.

Ihre Mutter war das absolute Herzstück der Pension und der dazugehörigen kleinen Kneipe. Ohne sie ging gar nichts. Stets zeigte sie sich herzlich und zuvorkommend gegenüber den Gästen, was diese ihr mit Zufriedenheit dankten. Im Internet fand sich keine einzige schlechte Bewertung, was für die hervorragende Qualität in *Haus Land unter* stand.

Die Mitarbeiter sorgten für saubere Zimmer und taten wie Astrid ihr Möglichstes, damit die Gäste zufrieden waren. Noch nie hatte Fenja gehört, dass ein böses Wort gefallen war. Ganz im Gegenteil prägte den Umgang unter den Mitarbeitern gegenseitige Wertschätzung.

Sie konnten sich glücklich schätzen, solch eine Chefin zu haben. Auch Fenja war dankbar, dass sie Astrid zur Mutter hatte. Bisweilen zeigte sie sich zwar etwas resolut, doch unter der Schale verbarg sich ein butterweicher Kern. Gut, ihre Neigung, sie Fenja-Giesberta zu nennen, war etwas nervig, aber damit konnte sie prima leben.

In Gedanken verknüpfte Fenja ihre Mutter immer mit der Pension. Für sie war es unvorstellbar, dass sie sie eines Tages dort nicht vorfand. Genau wie Max und Moritz war Astrid untrennbar mit *Haus Land unter* verbunden.

Fenja fiel ein, dass sie Arndt unbedingt fragen wollte, warum er sich gestern so unhöflich verhalten hatte.

»Weißt du, ich habe dich gestern auf der Demo gesehen«, sagte sie daher. Sie hielt inne, um zu überlegen, wie sie ihre Worte formulieren konnte, ohne Arndt vor den Kopf zu stoßen.

Er blickte sie an. »Stimmt, ich war dort. Du bist mir allerdings nicht aufgefallen.«

»Na ja, es war ziemlich viel los. Außerdem warst du damit beschäftigt, ein paar Jugendlichen den Marsch zu blasen, weil sie im Weg standen. Hast du vielleicht etwas gegen Demonstranten?«

»Nein, natürlich nicht!« Heftig schüttelte Arndt den Kopf. »Ich finde es toll, dass ihr euch für die Umwelt einsetzt. Ein paar Mal habe ich sogar selbst an einer Demonstration teilgenommen, aber meistens fehlt mir leider die Zeit dafür.«

Verständnislos blickte Fenja ihn an. »Warum hast du dann so heftig reagiert?«

Arndt verzog das Gesicht zu einer Grimasse, die seinen Kummer ausdrückte. »Ich hatte es furchtbar eilig. Meine Mutter liegt seit einigen Tagen im Krankenhaus, weswegen ich so schnell wie möglich zu ihr wollte. Da habe ich wohl ein wenig überreagiert.«

Erschrocken ließ Fenja ihre Gabel fallen und schlug sich beide Hände vor den Mund. »Das tut mir sehr leid«, sagte sie. »Ich hoffe, es ist nichts Schlimmes?«

»Sie hatte einen Schlaganfall.« Bevor Fenja reagieren konnte, fuhr er fort: »Zum Glück hat mein Vater es direkt bemerkt und den Rettungswagen gerufen. Nach dem Krankenhaus muss sie zwar in Reha, aber es sieht so aus, als würde sie keine bleibenden Schäden davontragen.«

»Gott sei Dank«, entfuhr es Fenja. »Kein Wunder, dass du es so eilig hattest. Es muss schrecklich gewesen sein, davon zu erfahren und erst mal nicht zu ihr zu können.«

»Das war es.« Mit gesenktem Kopf griff Arndt nach einem Teelöffel und rührte damit in seinem Kaffee herum. »Deshalb wohne ich zurzeit auch hier in der Pension. Normalerweise wäre ich über die freien Tage nach Hause gefahren, doch von Hamburg ist mir das einfach zu weit.«

»Verstehe ich gut. Sicher willst du jeden Tag nach ihr sehen.«

Arndt nickte. »Genau. Gleich nach dem Frühstück fahre ich wieder zu ihr.«

»Richte ihr bitte gute Besserung von mir aus.«

»Mach ich«, erwiderte Arndt. Er hob den Kopf und schaute Fenja direkt in die Augen.

Jetzt erst bemerkte sie, dass eines davon braun und das andere grün war. Fasziniert starrte sie ihn an. Als sie merkte, was sie tat, senkte sie schnell den Blick. Himmel, es fehlte noch, dass ihr der Mund offen stand!

Ob er es bemerkt hatte, ließ Arndt nicht erkennen.

»Wie bist du eigentlich auf die Idee gekommen, auf einem Containerschiff zu arbeiten?«, fragte Fenja schnell, um sich abzulenken. »Sonderlich gut für die Umwelt ist es ja nicht.«

»Das ist mir durchaus bewusst.« Arndt verzog den Mund zu einem schiefen Lächeln. »Es lässt sich jedoch nicht verhindern, dass Containerschiffe fahren. Mittlerweile gibt es rund 90 000 davon, die etwa neunzig Prozent aller Konsumgüter rund um die Welt verschiffen. Da ich unbedingt auf See arbeiten wollte, habe ich mich dazu entschieden, Erster Nautischer Schiffsoffizier zu werden, was auch geklappt hat.«

»Und was willst du mir damit sagen?«, fragte Fenja, während sie ihn mit schief gelegtem Kopf musterte.

»Nun ja, ich bin unter anderem dafür verantwortlich,

dass die Umweltschutzrichtlinien eingehalten werden, und somit auch für die korrekte Entsorgung von Abfällen an Bord.«

»Dann schlägst du zwei Fliegen mit einer Klappe? Du hast dir deinen Traum ermöglicht und versuchst gleichzeitig, vor Ort etwas für die Umwelt zu tun?«, hakte Fenja nach, um sich zu vergewissern, dass sie ihn richtig verstanden hatte.

»Genau. Die *ML Diamond*, also das Schiff, auf dem ich arbeite, weist eine verbesserte Umweltfreundlichkeit und Energieeffizienz auf. Das bedeutet, dass mehr Container pro Schiff und Liter Treibstoff transportiert werden können.«

Fenja nickte langsam.

»Das ist schon mal ein guter Anfang. Aber auf Dauer werden wohl nur Solarstrom oder Elektromotoren helfen, die mit gespeicherter Wind-, Wasser- und Solarkraft angetrieben werden, fürchte ich.«

»Das Hauptproblem hierbei sind die langen Transportwege, weswegen für größere Schiffe nur Hybridsysteme geeignet sind. Die *ML Diamond* ist zum Beispiel zusätzlich mit zylindrischen Segeln ausgestattet.«

Anerkennend blickte Fenja ihn an. »Du hast dir ja richtig Gedanken gemacht. Das hätte ich nicht gedacht, als ich dich auf der Demo gesehen habe.«

»Kein Wunder. Ich muss ja richtiggehend feindselig gewirkt haben.«

Nach einem Blick auf die große Uhr, die im Speiseraum hing, sprang Fenja auf. »Herrje, ich muss los! Sonst gehen meine Teilnehmer noch ohne mich ins Watt und schaffen es womöglich, von der Flut eingeholt zu werden.«

»Eine Wattführerin also«, kommentierte Arndt in trockenem Ton. »Hätte ich mir irgendwie denken können.«

»Wieso hättest du dir das denken können? Man sieht es mir ja nicht an der Nasenspitze an.«

»Na ja, dein Einsatz für die Umwelt und deine Liebe zum Meer lassen schon darauf schließen, dass du etwas machst, das mit Wasser zu tun hat und die Natur nicht schädigt.« Arndt lächelte sie an. »Und das meine ich keinesfalls negativ, nicht dass du mich falsch verstehst.«

»So habe ich das auch nicht verstanden«, erwiderte Fenja und lächelte zurück. »Du hast auf jeden Fall die richtigen Schlüsse gezogen. Und das, obwohl wir uns kaum kennen.«

»Vielleicht habe ich ja eine gute Menschenkenntnis.« Nach seinen Worten warf Arndt einen vielsagenden Blick auf die Uhr. »Ich will dich nicht verscheuchen, aber sagtest du nicht, du musst los?«

Erschrocken zuckte Fenja zusammen. Jetzt wurde es wirklich Zeit, bevor sie sich noch verquatschte und zu spät kam. Eilig griff sie nach ihrem Rucksack und verabschiedete sich von Arndt. Dann eilte sie hinaus, dem Meer und dem besten Job der Welt entgegen.

Kapitel 2

Die nächsten zwei Tage bekam Fenja Arndt nicht zu Gesicht. Da sie gezeitenbedingt an den beiden Morgen recht früh losmusste, frühstückte sie bereits um sieben Uhr, weswegen sie ihn im Speiseraum nicht antraf. Auch sonst begegneten sie sich nirgendwo in der Pension. Ein Teil von ihr musste sich eingestehen, dass sie es etwas schade fand.

Inzwischen hatte sie ihren ersten Eindruck von ihm völlig verworfen. Dass er sich auf der Demo so ruppig verhalten hatte, konnte sie sehr gut nachvollziehen. Sie hätte sich sicher auch nicht gerade höflich benommen, wenn ihrer Mutter etwas zugestoßen wäre und sie so schnell wie möglich zu ihr wollte.

Pünktlich um acht Uhr stand sie vor ihrem kleinen Arbeitshäuschen, das kaum mehr als ein Kabuff war. Dort verkaufte sie Tickets und gab bereitwillig Informationen an Touristen, die sich nach einer Wattwanderung erkundigten.

Den größten Teil der Anfragen erhielt sie per E-Mail oder telefonisch. Bis vor wenigen Jahren war das noch anders gewesen, doch die Zeiten änderten sich nun einmal, genau wie die Gezeiten.

Wie in der Hauptsaison üblich, stellte sie sich darauf ein, einige Interessenten wegschicken zu müssen. Vorrang hatten die Teilnehmer mit einer Vorabreservierung. Dies bedeutete leider auch traurige Kinderaugen, wenn der Nachwuchs erfuhr, dass es an diesem Tag nichts mit der Wattwanderung wurde. Aber es war nicht zu ändern, da Fenja nur eine begrenzte Anzahl an Leuten mitnehmen konnte.

Sie stellte ihren Rucksack hinter den kleinen Verkaufstresen und öffnete das Reservierungsbuch, das sich darauf befand. Sorgfältig übertrug sie die eingegangenen Reservierungen von ihrem Smartphone, damit sie gleich den Überblick behielt.

Als neben ihr ein »Guten Morgen« ertönte, blickte Fenja auf. Überrascht erkannte sie, dass es Arndt war. Was wollte er denn hier? Warum war er nicht bei seiner Mutter? Sicher würde sie es gleich erfahren.

»Ich würde gerne an einer Wattwanderung teilnehmen.« Arndt lächelte sie an.

»Ob das heute geht, kann ich dir gleich sagen«, erwiderte sie, wobei sie sich bemühte, möglichst geschäftsmäßig zu wirken.

Dabei pochte ihr Herz schneller, als es sollte. War er etwa

ihretwegen hier? Oder wollte er schlicht an einer Wattwanderung teilnehmen? Sie konnte nicht sagen, was ihr lieber wäre.

Jedenfalls musste es ihr irgendwie gelingen, sich nichts von ihrer unerklärlichen Aufregung anmerken zu lassen. Sie würde ihn einfach wie einen ganz normalen Gast behandeln.

Dies sollte ja kein Problem darstellen.

Wie es sich herausstellte, hatte Fenja in ihrer heutigen Gruppe noch vier Plätze frei, weswegen Arndts Teilnahme an der Wattwanderung nichts im Weg stand.

Immer noch wusste Fenja nicht, was sie davon halten sollte. Doch sie hatte keine Zeit, darüber nachzudenken, da die anderen Teilnehmer nach und nach eintrudelten. Wie sie erwartet hatte, musste sie einige Interessenten wegschicken.

Die meisten reservierten sich Plätze für einen der kommenden Tage. Als alle angemeldeten Teilnehmer eingetroffen waren, verkaufte Fenja die Karten. Dann rief sie zum Aufbruch.

Die Gruppe machte sich auf den Weg zum Meer. Es ging über die Düne am Piratenspielplatz vorbei. Wenig später versammelten sich die Teilnehmer auf dem Sandwatt um Fenja, die sie noch einmal freundlich begrüßte und ihnen das Du anbot, was alle annahmen.

»Eure Schuhe stellt ihr am besten am Strand ab.« Sie zwinkerte ihren Teilnehmern zu. »In den meisten Fällen bekommt ihr sie auch wieder.«

Damit erntete sie die ersten Lacher. Alle stellten ihre Schuhe ab und scharten sich erneut um Fenja. Ein paar hatten Wattsocken dabei, die sie mit seltsamen Verrenkungen anzogen.

Nach einer kurzen Einführung, was die Sicherheit und Wattarten betraf, begann Fenja mit der eigentlichen Führung. Es fühlte sich ein wenig seltsam an, dass Arndt anwesend war, und es fiel ihr gar nicht leicht, ihn nur als Teilnehmer zu sehen. Ihr gestriges Gespräch hatte sie wohl mehr beeindruckt, als ihr lieb war.

Da heute viele Kinder dabei waren, entschied sich Fenja, ihre Wanderung möglichst kindgerecht zu gestalten, den Erwachsenen aber dennoch Informationen zu geben, bei denen sie noch etwas lernen konnten.

»Wir gehen jetzt los«, sagte Fenja. »Macht euch keinen Stress, wir sind nicht auf der Flucht. Wichtig ist nur, dass wir bis zur Ebbe das Unterfeuer, also den Leuchtturm, erreichen. Ansonsten schneidet uns der vordere Priel den Weg ab und wir kommen nicht zurück.«

»Darf ich fragen, was ein Priel ist?« Arndt bedachte sie mit einem derartig intensiven Blick, dass ihr die Knie ein wenig weich wurden.

Sekunden später hatte sie ihre Fassung wiedererlangt und fragte sich, ob Arndt sie testen oder gar veräppeln wollte. Er musste doch wissen, was ein Priel war. Innerlich zuckte sie mit den Schultern. Am besten war es, wenn sie sich ganz professionell verhielt und einfach seine Frage beantwortete.

»Priele sind natürliche Wasserläufe wie dieser hier …« Sie deutete auf den am nächsten liegenden. »… die sich bei Flut zuerst mit Wasser füllen und dadurch zu reißenden Flüssen werden können. Es kommt zu Geschwindigkeiten von bis zu 20 km/h, weswegen auch geübte Schwimmer nicht mehr durchkommen. Stürme können zusätzliche Trifte, also Wasserströmungen, erzeugen. Bei einem Weststurm von 120 km/h steigt die Flut zum Beispiel fast doppelt so schnell wie normal.«

»Das hast du aber schön erklärt«, sagte Arndt und zwinkerte ihr zu.

Jetzt war ihr klar, dass er natürlich genau gewusst hatte, was das Wort »Priel« bedeutete. Sie rang kurz mit sich, ob sie darüber verärgert oder belustigt sein sollte, entschied sich dann für Belustigung.

Fenja winkte der Gruppe, ihr zu folgen, und ging voran weiter ins Watt hinein. Wie immer genoss sie den Sandboden unter ihren Füßen. Noch war er fest, doch schon bald würden sie den ersten Priel durchwaten, in dem das Wasser momentan etwa fünfzig Zentimeter hoch stand.

Auf das Gefühl, wie sich der Schlick zwischen ihren Zehen sammelte, freute sie sich ebenfalls. Gleich würden ihrer aller Füße durch den tieferen Wattboden schwarz verfärbt sein. Bei ihrem nächsten Halt würde garantiert eine Frage dazu kommen.

Auch warum sich in die frische Seeluft plötzlich der Geruch nach faulen Eiern mischte. Darüber würden alle erst einmal die Nase rümpfen. Das war immer so. Fenja hatte sich längst daran gewöhnt und mochte den Wohlgeruch-Stink-Mix inzwischen sogar richtig gern. Für sie bedeutete er Heimat.

Es bereitete ihr stets ein diebisches Vergnügen, die verzogenen Gesichter der Teilnehmer zu sehen, weswegen sie ihnen eingangs diese Information vorenthielt. Sie wusste zwar, dass es ein wenig kindisch war, doch sie konnte nicht anders.

Der Wind pfiff ihr um die Ohren, und sie war froh, dass sie heute daran gedacht hatte, ihre Haare zurückzubinden. Ab und zu vergaß sie es und war dann ständig damit beschäftigt, sich die herumflatternden Strähnen aus dem Gesicht zu streichen.

Da heute ein fast wolkenloser Tag war, spiegelte sich die Sonne im feuchten Sand und brachte ihn zum Glitzern.

Links von ihr befand sich Cuxhaven. Rechter Hand war Bremerhaven mit seinen schier unzähligen Hafenkränen zu sehen, gegen die die paar in Cuxhaven nahezu mickrig wirkten.

Immer wieder warf Fenja einen Blick über die Schulter, um sich zu vergewissern, dass keiner zurückblieb. Vor allem Hobbyfotografen neigten dazu, den Anschluss zu verlieren, weil sie zu lange stehen blieben, um zu fotografieren.

Mehr als einmal ertappte sie Arndt dabei, wie er sie musterte. Warum tat er das? Er sollte sich lieber auf seine Umgebung konzentrieren, anstatt zu versuchen, sie aus dem Konzept zu bringen.

Als sie den großen Priel hinter sich gelassen hatten, scharte Fenja die Gruppe um sich. »Jetzt befinden wir uns mitten im Wattenmeer, einem Weltnaturerbe seit 2009 und Nationalpark seit 1986«, sagte sie und machte eine ausschweifende Handbewegung. »Es geht von Holland bis Dänemark.«

»Darf ich eine Frage stellen?«, meldete sich ein älterer Mann mit schwarzem Schnurrbart zu Wort.

»Selbstverständlich.«

»An vielen Stellen ist der Wattboden nicht braun, sondern pechschwarz und stinkt ganz fürchterlich. Warum ist das so? Sind das Ölablagerungen?«

Fenja schmunzelte leicht, weil sich ihre Vermutung wieder einmal bestätigt hatte. »Die Verfärbungen kommen durch verschiedene Bakterien. Im Oberboden ist Sauerstoff vorhanden, und bakterielle Tätigkeit färbt ihn braun. Im Unterboden fehlt der Sauerstoff, wodurch andere Bakteriensorten schwarzes Eisensulfid und Schwefelwasserstoff bilden, der das Stinken verursacht. Die Schwarzfärbung hat also natürliche Ursachen.«

»Danke. Das ist sehr interessant.«

»So, nun graben wir einen Wattwurm aus«, sagte Fenja an die Kinder gewandt. »Seid ihr bereit?«

Ein mehrstimmiges »Ja« folgte auf ihre Frage.

Mit ihrer Spatengabel stach Fenja in den Wattboden und häufte ihn an der Stelle etwas auf. Sie bückte sich und beförderte einen etwa fünfzehn Zentimeter langen Wurm zutage, den sie vorsichtig aufnahm.

»Im Wattenmeer gibt es ungefähr einhundert Borstenwurmarten. Einen davon zeige ich euch jetzt.« Fenja streckte ihre flache Hand auf Höhe ihrer Oberschenkel aus, damit die Kinder den braunen Wurm gut sehen konnten.

Nicht nur die Kinder beugten sich interessiert vor. Fenja meinte, einen Blick auf sich zu spüren, weswegen sie in die betreffende Richtung schaute. In der Tat musterte Arndt sie gerade eindringlich, was sie kurz aus dem Konzept brachte. Schnell konzentrierte sie sich wieder auf den Wattwurm auf ihrer Handfläche.

»Der sieht ja aus wie ein Regenwurm!«, rief ein kleiner Junge voller Begeisterung, dessen dunkelblonde Haare wild vom Kopf abstanden.

Sie räusperte sich. »Ja, genau. Dieser hier ähnelt einem Regenwurm, sieht aber viel spannender aus. Wenn ihr genau hinschaut, erkennt ihr Fühler und Punktaugen. Die kleinen Füßchen mit Borsten benutzen sie zum Graben.«

»Ist der glitschig?«, fragte ein etwa sechsjähriges Mädchen. Fenja hatte mitbekommen, dass sie Susi hieß, als ihre Mutter mit ihr sprach.

»Willst du ihn mal halten? Dann kannst du es selbst herausfinden.«

Susi schüttelte sich. Sie trat einen Schritt zurück und griff nach der Hand ihrer Mutter. »Nein, lieber nicht.«

»Ich will, ich will!« Der wuschelhaarige Junge streckte auffordernd eine Hand aus.

»Julius, sei nicht immer so vorlaut«, ermahnte ihn seine Mutter.

»Kein Problem«, sagte Fenja und lächelte sie an. »Es ist meistens so: Wenn einer sich traut, trauen sich auch die anderen.«

Vorsichtig legte sie dem kleinen Jungen den Wattwurm in die offene Hand. Mit staunendem Blick betrachtete er den fast reglos daliegenden Wurm.

»Was macht er denn mit seinem Mund?«, fragte Susi, die wieder näher gerückt war, und zog die Stirn kraus. »Der sieht ja aus wie ein Blumenkohl.«

Fenja lachte. »Das ist sein Saugrüssel. Mit dem gräbt er seine Wohnröhre, die u-förmig ist.« Zur Verdeutlichung formte sie mit Daumen und Zeigefinger der linken Hand ein U. »Dort sitzt er drin. Hinein kommt er durch dieses kleine Loch.« Sie zeigte auf eine Vertiefung im Sand. »Und auf der anderen Seite seht ihr diese kleinen Häufchen. Das ist die Wattwurmkacke.«

»Iiih, wie eklig!«, rief eine etwa vierzehnjährige Jugendliche, die sich bereits die ganze Zeit ein wenig zierte. Sie versuchte stets, tiefere Stellen zu umgehen, was natürlich nicht immer gelang. Vermutlich hatte der Teenager Angst, sich die Füße schmutzig zu machen, und war mehr oder weniger von den Eltern gezwungen worden, an der Wanderung teilzunehmen.

Susi presste sich beide Hände vor den Mund und kicherte. »Wattwurmkacke. So was sagt man nicht.«

Erneut musste Fenja lachen. »Ich bin schon groß, ich darf das.« Sie wandte sich an den Teenager. »Die Ausscheidungen sind zum Glück nicht eklig, sonst würde ich mir das mit meinem Job vermutlich noch mal überlegen. Weißt du, ein Wattwurm frisst Sand. Darin befinden sich winzige Algen, von denen er sich ernährt. Da er den Sand nicht verdauen kann, scheidet er ihn an der Oberfläche aus. Wir treten also nur auf gereinigten Sand.«

Die Jugendliche wirkte immens erleichtert. »Ist ja krass«, sagte sie. Vorsichtig tippte sie mit einem großen Zeh auf eines der Häufchen. »Fühlt sich auch an wie Sand.«

»Ich finde, die sehen aus wie Spaghettieis«, verkündete Julius, der immer noch den Wattwurm auf seiner Hand hatte. »Und ich mag Spaghettieis.«

»Jetzt könnt ihr alle einmal – auch die Erwachsenen – einen Wattwurm ausgraben. Und dann nehmen wir einen Snack und essen einen.«

Mit großen Augen blickte Susi sie an. »Das möchte ich nicht.«

»Also ich hab schon mal einen Regenwurm gegessen.« Julius' Augen funkelten unternehmungslustig.

Seine Mutter seufzte. »So genau wollte ich das gar nicht wissen.« Mahnend hob sie einen Zeigefinger. »Und du unterstehst dich, deine Wurmerfahrungen mit Wattwürmern auszudehnen.«

Fenja musste wieder einmal lachen. »Das war nur als Witz gemeint, Julius. Wir lassen die Würmer schön hier im Watt, wo sie hingehören.«

Um den Teilnehmern die Wattwurmsuche zu erleichtern, häufte sie mit der Spatengabel an mehreren Stellen

Sand auf. Einige Kinder stürzten sich förmlich darauf, und auch Susi traute sich. Die Erwachsenen folgten etwas langsamer. Manche wirkten ein wenig unschlüssig.

»Nur zu«, sagte Fenja und nickte aufmunternd. »Sie beißen nicht.«

»Das würde ich an deiner Stelle auch behaupten«, erwiderte der Schnauzbärtige, woraufhin alle lachten.

Mehrere Minuten vergingen, in denen inzwischen alle Teilnehmer eifrig nach Wattwürmern gruben. Hin und wieder hörte man ein leises Quieken, wenn jemand das erste Mal einen der glitschigen Würmer in der Hand hielt.

»Kannst du mir mal helfen?«, fragte Arndt, dessen Hände wie bei allen anderen sand- und schlickverschmiert waren. »Irgendwie finde ich keinen.«

Misstrauisch zog Fenja die Augenbrauen zusammen. Das konnte fast nicht sein. Immerhin wimmelte es hier von Wattwürmern, gemessen an der Anzahl der Spaghettihäufchen. Beinahe hätte sie etwas Schnippisches entgegnet, doch sie erinnerte sich rechtzeitig daran, dass sie ihn ja wie einen normalen Touristen behandeln wollte.

Daher ging sie zu ihm und hockte sich neben ihn. »Es ist ganz einfach«, sagte sie. »Schau.«

Sie grub im Sand und hatte wenig später einen Wattwurm zutage gefördert. Arndt streckte eine Hand danach aus, woraufhin sie den Wurm hineinlegte. Dabei berührten ihre Fingerspitzen seine Handfläche, was in ihr ein leichtes Prickeln verursachte, das sie schnell unterdrückte.

»Ich hätte mal eine Frage«, sagte Susis Mutter hinter ihr.

Erleichtert über die Unterbrechung, richtete sich Fenja auf und lächelte sie an. »Bitte.«

»Ich war mal auf einer Wattwanderung auf Baltrum. Da mussten wir Wattschuhe tragen. Bei dir darf man barfuß laufen. Hat das einen bestimmten Grund?«

Fenja nickte. »An manchen Stellen im Watt befinden sich eingewanderte japanische Austern. Sie haben so scharfe Schalen, dass sie die Fußsohlen aufschlitzen.«

Auf ihre Worte hin weiteten sich die Augen von Julius' Mutter, die danebenstand und zugehört hatte. »Besteht diese Gefahr hier etwa auch?«

»Keine Sorge. Erfahrene Wattführer wissen, wo sich diese Stellen befinden«, sagte Fenja und lächelte ihr beruhigend zu. »Und ich bin einer davon.«

Die Gesichtszüge der Frau entspannten sich. »Jetzt bin ich aber erleichtert.«

Nach einer Weile beendete Fenja die Wattwurmsuche, um den Teilnehmern weitere Wattbewohner zu zeigen. Sie deutete auf feine Spuren, die wie dünne Fäden auf dem Meeresboden verliefen.

»Das hinterlässt die Wattschnecke«, sagte sie und bückte sich, um ein winziges gelblich-braunes Tier mit konischer Form aufzuheben.

Die Teilnehmer drängten sich um sie. Fenja musste sogar die Erwachsenen bitten, die Kinder nach vorne zu lassen, damit sie überhaupt etwas sehen konnten.

»Wattschnecken sind ungefähr sechs Millimeter hoch und drei Millimeter breit. Pro Quadratmeter gibt es häufig über 20 000 davon.«

»Erstaunlich.« Susis Mutter beugte sich über den Kopf ihrer Tochter hinweg noch näher zu Fenjas geöffneter Hand. »Wovon ernähren sie sich denn?«

»Sie fressen kleine Mikroalgen, die sie vom Meeresboden und von Pflanzen abweiden. Daher nennt man sie auch Wattkühe, also die kleinsten Kühe der Welt.«

»Das ist ja lustig.« Begeistert klatschte Susi in die Hände. »Wenn ich wieder zu Hause bin, erzähle ich das meiner besten Freundin. Sie mag nämlich Kühe.«

Als Nächstes zeigte Fenja erneut auf den Wattboden. »Könnt ihr das Augenpaar erkennen?«, fragte sie und blickte zu ihren Teilnehmern. Als sie sah, dass alle nickten, sprach sie weiter. »Sie gehören zu einer Strandkrabbe. Strandkrabben graben sich gerne im Watt ein.«

Mit geschicktem Griff holte sie den Wattbewohner aus seinem Versteck, wobei sie darauf achtete, dass ihre Finger nicht zwischen seine Scheren gerieten. Sie drehte die Krabbe auf den Rücken.

»Seht ihr die Form eines Leuchtturms am Unterleib?«, fragte sie.

»Ja«, sagte Julius. »Schaut der in echt auch so aus?«

»Nicht ganz.« Mit der freien Hand wuschelte Fenja kurz über seinen Kopf, wobei sie seine Frisur noch mehr durcheinanderbrachte. »Bei Strandkrabben erkennt man an dieser Form, dass es ein Männchen ist. Bei Weibchen sieht es eher rundlich aus.«

»Haben Krabben nicht normalerweise zwei dieser großen Scheren?«, wollte Susis Mutter wissen und deutete auf das Tier, dessen rechte Schere fehlte.

Fenja nickte. »Krabben haben fünf Beinpaare. Die vorderen beiden sind zu unterschiedlich großen Scheren ausgebildet. Beim Prügeln um ein Weibchen oder bei anderen Verletzungen geht schon einmal eine Schere ab.«

»O nein!«, rief Susi und verzog das Gesicht zu einer mitleidigen Grimasse. »Die arme Krabbe!«

»So schlimm ist es nicht. Weißt du, Krabben haben einen Panzer, den sie regelmäßig wechseln. Dabei können sie sogar Beine oder Scheren nachwachsen lassen.«

»Schade, dass es bei menschlichen Zähnen nicht ebenfalls geht«, stellte der schnauzbärtige Mann in trockenem Ton fest, wodurch er einige Lacher erntete.

Nach ihren Ausführungen hielt Fenja die Strandkrabbe in Richtung der Kinder. »Wollt ihr mal?«

Alle Kinder trauten sich, die Krabbe einmal zu nehmen. Dabei waren sie durchweg vorsichtig, wie Fenja wohlwollend zur Kenntnis nahm. Leider hatte sie immer wieder Kinder dabei, die sich anscheinend nicht um ihre Finger scherten. Zum Glück kam es nur selten vor.

Danach gingen sie weiter.

Fenja bemerkte, dass Arndt fast immer neben ihr blieb und ihr in regelmäßigen Abständen einen Seitenblick zuwarf. Doch er sagte nichts, was sie ein wenig verwunderte. Auch seine Blicke konnte sie nicht einordnen. Sie waren nicht unangenehm, nein, das keinesfalls, nur irgendwie rätselhaft. Fenja fragte sich, ob er irgendetwas damit bezweckte.

Als sie eine Stelle mit tieferem Schlick erreichten, bot Fenja den Erwachsenen an, dort einmal hineinzutreten. »Ihr werdet sehen, dass die Angelegenheit ganz schön klebrig ist.«

Der Schnauzbärtige machte von dem Angebot Gebrauch. Vorsichtig stieg er in den Schlick und war kurz darauf bis zu den Knien damit bedeckt. Als er versuchte, einen Schritt zu machen, wankte er bedrohlich hin und her. Er schaffte es gerade noch, sich abzufangen.

Fenja streckte ihm eine Hand hin, die er ergriff. Mit einer

ruckartigen Bewegung half sie ihm, aus der Schlickfalle zu entkommen.

»Ihr seht, das ist nicht ganz ungefährlich«, sagte sie an alle gewandt. »Irgendwann verlässt einen die Kraft, und man schafft es nicht mehr heraus. Tut mir also bitte einen Gefallen und probiert das niemals alleine aus.«

Wenig später hatten sie ihr Ziel erreicht. Fenja schaute auf das Unterfeuer Tossens. Jetzt bei Ebbe ragte das Fundament des rot-weißen Leuchtturms aus dem Wasser. Wie jedes Mal war sie fasziniert vom Durchmesser des Stahlrohrs, der zwei Meter betrug.

Als sie sich zu ihrer Gruppe umwandte, bemerkte sie, dass Arndt sie wieder einmal anblickte. Warum nahm er überhaupt an der Wanderung teil, wenn er die Hälfte der Zeit seine Aufmerksamkeit auf sie richtete und nicht auf seine Umgebung? Das wollte sie unbedingt wissen.

Daher trat sie zu ihm und zupfte ihn am Ärmel. »Warum starrst du mich die ganze Zeit an?«, fragte sie, als er sich ihr zuwandte.

»Tue ich das?«

»Ja.«

»Vermutlich, weil ich so fasziniert von dir bin. Du bist wirklich kompetent.«

Wider Willen fühlte sich Fenja ein wenig geschmeichelt. »Danke«, sagte sie.

»Ist nur die reine Wahrheit.« Arndt grinste. »Außerdem starre ich dich nicht an. Ich werfe dir wohlwollende Blicke zu.«

Fenja musste lachen. »Das mag sein. Trotzdem ist es nicht Sinn und Zweck einer Wattwanderung, ständig der Wattführerin *wohlwollende Blicke* zuzuwerfen.«

»Keine Sorge, ich bekomme alles mit.«

»Wenn du das sagst.«

Im Grunde war es Fenja egal, ob Arndt zuhörte. Es blieb jedem Teilnehmer selbst überlassen, wie er die Wanderung gestalten wollte. Die meisten hörten zwar interessiert zu, aber es gab immer wieder Leute, die sich ein wenig absonderten, um das Watt allein zu genießen.

Dagegen gab es nichts einzuwenden, jedoch musste Fenja ihr besonderes Augenmerk auf sie richten. Ansonsten bestand die Gefahr, dass sie zurückblieben und verloren gingen. Und das durfte auf keinen Fall passieren.

Auf dem Rückweg unterhielt sich Fenja mit ein paar Teilnehmern, die mit einigen Fragen aufwarteten. Der Schnauzbärtige hatte irgendwo gelesen, dass Wattwürmer als Potenzmittel benutzt wurden, die Frage aber nicht vor den Kindern stellen wollen. Fenja konnte sie nicht beantworten, da sie davon noch nie gehört hatte.

Bevor sie durch den großen Priel wateten, den sie am

Anfang der Tour bereits passiert hatten, wandte sich Fenja ihrer Gruppe zu. »Wenn ihr im Priel kurz stehen bleibt, merkt ihr, dass es an euren Füßen grabbelt. Das sind Nordseegarnelen, die hin und her huschen.«

»Gut, dass du das nicht auf dem Hinweg erwähnt hast«, sagte Julius' Mutter und schüttelte sich. »Dann wäre ich garantiert nicht weitergegangen.«

Fenja schmunzelte. »Genau deswegen sage ich es immer erst auf dem Rückweg.«

Alle lachten.

Wenig später waren sie wieder am Strand von Tossens angelangt. Alle Teilnehmer spendeten Fenja freundlichen Applaus und zeigten sich durchweg begeistert von der Wattwanderung und der Wattführerin.

Fenja deutete eine leichte Verbeugung an und bedankte sich bei der Gruppe für ihre Aufmerksamkeit. Wie so oft kramten Eltern in ihren Portemonnaies, um ihren Kindern etwas Geld zu geben, das sie wiederum an Fenja als Trinkgeld weiterreichten. Auch ältere Leute zeigten sich häufig spendabel. Zwar war Fenja nicht darauf angewiesen, doch sie freute sich stets über die freundliche, anerkennende Geste.

Nach der Verabschiedung machte sich Fenja zufrieden auf den Weg zu ihrem Verkaufshäuschen, um ihr Fahrrad zu holen. Dabei kam ihr unfreiwillig immer wieder Arndt in den Sinn. Mit seiner netten, charmanten Art hatte er sie mehr beeindruckt, als sie sich eingestehen wollte. Besser, sie dachte nicht weiter darüber nach.

Kapitel 3

Tags darauf schob Fenja eine Schubkarre zur Wiese, die mit Futter für Max und Moritz beladen war. Für Max gab es eine Fuhre Heu und als besonderes Leckerli eine kleine Schüssel mit Eselmüsli. Heute bestand es aus einem Apfel, einer gelben Rübe, ein paar Nüssen und einer Handvoll Haferflocken. Auch Moritz erhielt neben Heu ein paar Rote Rüben. Dazu kamen Getreide, Eicheln und Karotten. Diese waren eindeutig seine Leibspeise, denn er verzehrte sie immer als Erstes.

Als sie ans Gatter trat, war der kleine Esel gerade dabei, den Riegel mit der Schnauze zu bearbeiten, wobei er seine großen gelben Zähne zu Hilfe nahm. Sofort ließ Moritz ein lautes Quieken vernehmen. Ertappt fuhr Max hoch und blickte Fenja mit Unschuldsmiene an, woraufhin sie lachen musste.

»Sieht so aus, als wäre ich gerade rechtzeitig gekommen«, sagte sie und wuschelte ihm über den Kopf. »Jetzt lasst mich mal rein, sonst wird das nichts mit dem Fresschen.«

Aus Erfahrung wusste Fenja, dass die beiden derzeit

nicht auf Streicheleinheiten aus waren. Daher fuhr sie Moritz nur kurz über die Borsten, damit er sich nicht benachteiligt fühlte.

Dann ging sie zum Unterstand neben dem Stall, füllte das Heu für Max in die Raufe und stellte die Schüssel daneben. Um Moritz eine artgerechte Beschäftigung zu bieten, verstreute sie das Futter auf einer erdigen Fläche. So konnte er mit der Schnauze danach wühlen, wobei er weitere Leckerbissen wie Würmer oder Knollen aufspürte.

Darüber, dass sich die tierischen Freunde ums Futter zankten, musste Fenja sich keine Sorgen machen. Futterneid kannten sie nicht. Stattdessen teilten sie sich oft brüderlich die Mahlzeiten.

Nachdem sie die beiden einen Augenblick voller Zuneigung betrachtet hatte, füllte sie die Wasserbehälter mit frischem Wasser. Als das erledigt war, begann sie damit, die Wiese von den Hinterlassenschaften zu befreien. Ein ortsansässiger Bauer, der auf Nachhaltigkeit setzte, war ein dankbarer Abnehmer.

»Ich hatte gehofft, dass ich dich hier finde«, hörte Fenja plötzlich hinter sich eine Stimme, die sie sofort als die von Arndt identifizierte. Den Gedanken, warum sie ihn gleich erkannt hatte, schob sie schnell beiseite.

Sie stellte den Äppelboy auf den Boden und ging zu ihm.

Die Ellbogen lässig auf den Zaun gestützt, grinste er sie an. Fenja musste zugeben, dass sie sich freute, ihn zu sehen.

»Ich habe dich die letzten Tage beim Frühstück vermisst«, sagte er.

Ich dich auch, hätte sie beinahe erwidert, konnte sich jedoch gerade noch rechtzeitig zurückhalten. *Contenance, Fenja,* ermahnte sie sich. Stattdessen teilte sie ihm lediglich mit, dass sie früh losgemusst hatte, was ja auch der Wahrheit entsprach. Nur eben vielleicht nicht der ganzen Wahrheit.

»Heute geht es für mich leider schon zurück aufs Schiff«, sagte Arndt, wobei er klang, als würde er es bedauern. Er öffnete erneut den Mund, als wollte er noch etwas sagen, tat es aber nicht, sondern schloss ihn wieder.

»Wie schade«, entfuhr es Fenja nun doch.

»Das finde ich auch. Aber so schnell wirst du mich nicht los. Beim nächsten Landgang komme ich wieder zu euch in die Pension.« Er zwinkerte ihr zu. »Und dann habe ich sogar Urlaub.«

»Oh«, machte Fenja, die nicht genau wusste, was sie davon halten sollte. Einerseits freute sie sich darauf, ihn wiederzusehen. Andererseits stand zu befürchten, dass sie ihn sympathischer fand, als gut für sie war. Obwohl: Nein, das konnte nicht sein. Trotzdem sagte sie besser nichts mehr.

Womöglich weckte sie in ihm falsche Hoffnungen, die sie ohnehin nicht erfüllen konnte.

Anscheinend gefiel Arndt nicht, dass sie so einsilbig auf seine Neuigkeit reagierte, da er ein langes Gesicht zog. Er äußerte sich jedoch nicht dazu. Stattdessen verlegte er sich auf Small Talk.

Eine Weile plauderten die beiden über Nichtigkeiten wie das in den nächsten Tagen zu erwartende Wetter. Sie waren sich einig, dass man den Vorhersagen vor allem hier am Meer nicht trauen konnte. Jederzeit bestand die Möglichkeit eines kompletten Wetterumschwungs von strahlendem Sonnenschein zu strömendem Regen binnen weniger Minuten.

»Ich muss jetzt mal los«, sagte Arndt in einer Gesprächspause, die unangenehm zu werden drohte, und warf einen Blick auf eine imaginäre Uhr an seinem Handgelenk. »Es wäre suboptimal, wenn ich das Schiff verpasse.«

»Allerdings.« Fenja grinste.

»Wir sehen uns.« Arndt hob eine Hand zu einem Abschiedsgruß.

Fenja erwiderte die Geste. »Bis dann.«

Mit widersprüchlichen Gefühlen, die sie nicht zuordnen konnte – und auch nicht wollte –, blickte sie ihm hinterher. Nach einem tiefen Seufzer wandte sie sich wieder ihrer Arbeit zu. Weitaus energischer als nötig ergriff sie die Kotschaufel, um unter Max' und Moritz' neugierigen Blicken deren Ausscheidungen zu entfernen.

Bis sie abends im Bett lag, gelang es ihr, keinen weiteren Gedanken an Arndt zu verschwenden. Größtenteils zumindest. Als sie sich in ihre angenehm kühle Decke mit blauem Satinbezug kuschelte, überfielen sie Fenja allerdings wie Wespen ein gesüßtes Getränk.

Was war das nur mit diesem Kerl? Warum schlich er sich in ihren Kopf? Normalerweise war sie doch auch nicht so wankelmütig. Wenn sie einen Entschluss gefasst hatte, stand er felsenfest. Und sie hatte nun mal beschlossen, dass sie in absehbarer Zeit keine Beziehung wollte.

Himmel, wie kam sie überhaupt darauf? Bisher hatten sie sich nur nett unterhalten, das war alles. Sie tat ja gerade so, als hätte er ihr seine Liebe gestanden und sie müsste sich nun entscheiden, ob sie diese erwiderte oder nicht. Und das war wirklich absoluter Unsinn.

Sie überlegte, ob sie mit Mareike darüber sprechen sollte. Immerhin war Finn in den nächsten Wochen auf Reisen, weswegen die beiden keine enthusiastischen Pläne schmieden konnten, um ihr zu ihrem vermeintlichen Glück zu verhelfen. Wobei Fenja es Mareike durchaus zutraute, dass sie auch allein tätig wurde. Auf jeden Fall würde sie auf sie einreden, es wenigstens zu versuchen. Nein, es war besser, wenn Fenja das mit sich selbst ausmachte.

Ihr fiel auf, dass sie, seitdem Axel mit ihr Schluss gemacht hatte, zum ersten Mal nicht darüber nachdachte, wenn sie im Bett lag. Allerdings war sie sich nicht sicher, ob es besser war, wenn ihre Gedanken stattdessen um einen anderen Mann kreisten.

Viel sinnvoller wäre es, Überlegungen darüber anzustellen, wie sie an eine Wohnung kommen sollte. Längst hatte sie entschieden, dass sie in Burhave bleiben wollte. Zum einen schätzte sie die unmittelbare Nähe zu ihrer Mutter und ihren Freunden. Zum anderen lag ihre geliebte Arbeitsstelle – das Wattenmeer – erfreulich nah.

Dazu müsste sie sich um eine Wohnung oder ein Häuschen kümmern. Bisher hatte sie sich weder umgehört noch im Internet nach Miet- oder Kaufangeboten geschaut. Wobei sie zu einem Eigenheim tendierte. Da sie geerbt hatte, besaß sie ausreichend finanzielle Mittel.

Langsam wurde es Zeit, auszuziehen, denn ewig konnte sie nicht in ihrem Jugendzimmer im Privatbereich der Pension bleiben. Ihre Mutter hätte nichts dagegen, das wusste sie. Niemals würde sie Fenja hinauswerfen. Insgeheim genoss sie es sicher, ihre erwachsene Tochter unverhofft wieder um sich zu haben.

Doch für Fenja war das keine Option auf Dauer. Sie brauchte ihre eigenen vier Wände und schätzte die Freiheit, dort tun und lassen zu können, was sie wollte. Daher würde ihr nichts anderes übrig bleiben, als endlich den Hintern hochzubekommen und auf die Suche zu gehen. Fenja beschloss, dies gleich morgen in Angriff zu nehmen.

Nach einem tiefen Seufzer schloss sie die Augen. Jetzt musste sie unbedingt schlafen, ansonsten würde sie sich morgen wie gerädert fühlen. Erstaunlicherweise stellte sich der Schlaf nach wenigen Minuten ein. Allerdings war er begleitet von wirren Träumen, in denen ein Mann mit zweifarbigen Augen eine nicht unbedeutende Rolle spielte.

***

Einige Tage später hatte Fenja es sich nach einem langen Arbeitstag in ihrem Zimmer auf einem Schaukelstuhl gemütlich gemacht. Eine Tasse Pfefferminztee und ein Teller standen neben ihr auf einem kleinen Tisch.

Versonnen blickte sie aus dem Fenster auf die Wiese, wo Max und Moritz fröhlich herumtollten, und beobachtete die beiden. Dabei biss sie immer wieder von einem Leberwurstbrot ab und kaute genüsslich. Moritz hatte seine Schnauze schnüffelnd gen Boden gerichtet. Ob er wohl etwas suchte, das er irgendwann vergraben hatte?

Schade, dass Arndt auf dem Schiff ist, dachte sie. Gerne

hätte sie seine angenehme, unaufdringliche Gesellschaft genossen. Himmel, was dachte sie da! Es war gut, dass er nicht da war. Nicht auszudenken, wenn sie ihn zu sehr ins Herz schloss. Denn dann bestand die Gefahr, dass sie wieder verletzt wurde.

Ihre Gedanken wurden abrupt unterbrochen, da jemand, ohne anzuklopfen, die Tür aufriss. Herein stürmten Mareike und Finn, die ausgesprochen aufgeregt wirkten. Mit einer Begrüßung hielten sich die beiden nicht auf, sondern eilten schnurstracks auf Fenja zu.

»Du musst sofort mitkommen!« Ungeduldig zerrte Mareike an Fenjas Ärmel, als würde es so schneller gehen. »Auf jetzt!«

»Hey, ich esse!« Kopfschüttelnd blickte Fenja zuerst auf Mareike und dann auf ihr Leberwurstbrot, das sie in der linken Hand hielt.

»Du kannst auch unterwegs essen.« Ohne Federlesens schob Finn Mareike zur Seite und packte Fenjas Hand, um sie hochzuziehen.

Leicht genervt schüttelte sie ihn ab. »Pass doch auf! Wegen dir hätte ich beinahe mein Brot fallen gelassen. Was ist überhaupt los? So überdreht kenne ich euch gar nicht.«

»Erklären wir dir unterwegs.« Erneut packte Finn Fenjas Hand. »Komm endlich!«

Angesichts der Hartnäckigkeit der beiden seufzte Fenja

und ließ sich von Finn hochziehen. Schnell stopfte sie sich den nicht unbeträchtlichen Rest ihres Brotes in den Mund und wollte nach ihrer Teetasse greifen, um nach dem Kauen nachzuspülen.

Doch Finn zerrte sie einfach weiter. Halb belustigt, halb verärgert folgte sie ihm aus ihrem Zimmer. Vor der Tür befreite sie sich aus seinem Griff.

»Wenn es dich nicht stört, würde ich wenigstens gerne abschließen«, erklärte sie in betont süßlichem Ton. »Danach komme ich sehr gerne mit euch mit. Wäre das in Ordnung für euch?«

»Was?« Verwirrt blickte Finn sie an. »Äh … ja klar, natürlich kannst du abschließen.«

Kurz darauf zwängte sich Fenja wieder einmal auf den Rücksitz des kleinen Fiats. Jetzt erst kam sie dazu, sich zu fragen, wohin die beiden überhaupt mit ihr wollten. Sie hoffte für sie, dass es wichtig war. Ansonsten erwartete die zwei eine Standpauke, weil sie Fenja derart aus ihrem wohlverdienten Feierabend aufgeschreckt hatten.

Die Fahrt dauerte nur wenige Minuten und endete in einer kleinen Seitenstraße fernab vom Touristentrubel. Mit ungeduldigen Mienen warteten ihre Freunde, bis Fenja sich aus dem Rücksitz gehievt hatte.

»Und was wollen wir hier?«, fragte Fenja und blickte die beiden fragend an.

»In ein paar Metern wirst du es wissen.« Diesmal war es Mareike, die Fenjas Hand ergriff und sie mit sich zog.

Es blieb zu hoffen, dass dies keine neue Marotte ihrer Freunde war, da Fenja nicht die geringste Lust darauf verspürte, ständig herumgezerrt zu werden.

Vor einem kleinen verklinkerten Haus mit spitzem Reetdach blieben sie stehen. Davor befand sich ein Vorgarten, der recht verwahrlost wirkte.

»Ich verstehe immer noch nicht. Das Haus ist zwar ganz entzückend, aber was machen wir hier?«

»Darf ich vorstellen?« Mit halb ausgebreiteten Armen zeigte Finn auf das Häuschen. »Dein neues Zuhause!«

»Wie meinst du das?« Ungläubig schüttelte Fenja den Kopf. »Und wie kommst du überhaupt darauf?«

Endlich ließ Mareike Fenjas Hand los, um ihrerseits mit begeistertem Blick auf das Häuschen zu deuten. »Na, es steht zum Verkauf, du Nase. Und rate mal, wer bereits mit den Verkäufern gesprochen hat.«

»Wieso sollte es zum Verkauf stehen? Als ich im Internet nach Häusern in der Umgebung gesucht habe, war es jedenfalls nicht dabei. Außerdem sehe ich nirgendwo ein Schild.«

»Weil du die Käuferin bist, wenn du es haben möchtest. Und Mareike davon erfahren hat, bevor es offiziell auf den Markt kam.« In theatralischer Geste zog Finn einen Schlüssel aus einer Hosentasche und ließ ihn an der Schnur vor Fenja hin und her baumeln. »Möchtest du es dir mal anschauen?«

Fenjas Augen weiteten sich. Mit offenem Mund blickte sie von einer zum anderen, bevor sie ihn wieder zuklappte. »Ist nicht euer Ernst?«

»O doch«, erwiderte Mareike und nickte gewichtig.

Ein lauter Schrei entfuhr Fenja, bevor sie die beiden nacheinander enthusiastisch umarmte. »Klar will ich mir das anschauen!«

Als Fenja den Haustürschlüssel in der Hand hielt, kam sie sich schon ein wenig wie die Besitzerin vor. Obwohl sie das Innere noch nicht gesehen hatte, fühlte es sich richtig an. Sie hoffte nur, dass sie gleich keine böse Überraschung serviert bekam.

Fenjas erster Versuch, die Tür zu öffnen, schlug fehl. Da sie klemmte, drückte sie kräftig dagegen. Vermutlich mussten die Scharniere einfach nur geölt werden. Falls nicht, brauchte sie eben eine neue Haustür. Das war kein Weltuntergang.

Bereits im kleinen Flur wurde Fenja klar, dass hier einige Renovierungen anstanden. Der Boden war blank, und von den Wänden hingen Tapetenreste herunter. Im Wohnzimmer sah es nicht besser aus.

Allerdings verliebte sich Fenja sofort in den kleinen Kaminofen, den die Vorbesitzer hiergelassen hatten. Auch der direkte Zugang zum Garten erweckte ihre Begeisterung. Als sie die verglaste Doppeltür öffnete, blickte sie auf eine Rasenfläche, die mit einem blickdichten hölzernen Zaun eingefasst war.

Rings um den Rasen befanden sich Beete, die recht ungepflegt wirkten. Überall wucherte Unkraut, doch Fenja sah nur die Möglichkeiten, die sich ihr hier boten. Sie würde ihr eigenes Gemüse anpflanzen und auch einige Blumen. Wenn alles fertig war, würde es herrlich aussehen.

Entgegen ihrer sonstigen Art folgten Mareike und Finn ihr schweigend auf dem Rundgang durch das Haus. Sie schienen zu wissen, dass Fenja sich ihr eigenes Bild machen und sich in ihr potenzielles neues Zuhause einfühlen musste.

In der Küche folgte dann wieder etwas Ernüchterung. Es war keinerlei Einrichtung vorhanden, dafür jede Menge schmutzig-braune gesprungene Fliesen. Auch das Badezimmer würde sie komplett sanieren müssen.

Davon würde Fenja sich nicht aufhalten lassen, da sie sich bereits in ihr neues Zuhause verliebt hatte. Dass es das werden würde, stand für sie jetzt schon fest.

Im Obergeschoss befanden sich drei Zimmer, die den

gleichen Zustand aufwiesen wie Flur und Wohnzimmer. In diesen Räumen würde die Renovierung am wenigsten Zeit kosten. Im Geiste rechnete Fenja aus, wie lange sie in etwa dafür brauchen würde.

»Und, was sagst du?«, fragte Finn, als sie im letzten der Zimmer standen.

Mit leuchtenden Augen blickte Fenja ihn an. »Was glaubst du denn? Ich nehme es natürlich.«

***

Es dauerte nur wenige Tage, bis alles in trockenen Tüchern war. Nach dem Notartermin durfte sich Fenja stolze Besitzerin eines Eigenheims nennen. Sie ertappte sich bei dem Gedanken, wie gern sie Arndt davon berichten würde. Doch er befand sich noch auf der *ML Diamond*.

Obwohl sie ihre Handynummern ausgetauscht hatten, sträubte sich etwas in Fenja, ihn zu kontaktieren. Ab und zu schrieb er zwar eine Nachricht, hatte allerdings nicht versucht, sie anzurufen. Und sie wollte nicht die Erste sein. Womöglich wollte er es gar nicht, war zu beschäftigt oder hatte schlichtweg keinen Empfang.

Für eine Textnachricht war Fenja die Neuigkeit zu wichtig. Außerdem wollte sie ihn nicht bei der Arbeit stören. Sicher hatte er sehr viel zu tun. Daher beschloss sie, auf seine

Rückkehr zu warten, um ihm persönlich die großartige Neuigkeit mitzuteilen.

Sie hütete sich tunlichst davor, Mareike und Finn von ihren Überlegungen zu erzählen. Wie sie die beiden kannte, würden sie direkt die falschen Schlüsse ziehen und ihr unterstellen, sie hätte sich in Arndt verguckt. Was definitiv nicht der Fall war.

Außerdem traute Fenja ihnen durchaus zu, dass sie diverse Verkupplungsversuche starteten, sobald Arndt vom Schiff zurückkam. Wobei zumindest Finn dabei nicht mit persönlicher Anwesenheit glänzen konnte, da er in zwei Tagen zu einer Afrikareise aufbrach.

Heute ließ er es sich aber nicht nehmen, tatkräftig bei der Renovierung mit anzupacken. Fenja lieh sich den Transporter ihrer Mutter, da sie die Utensilien niemals in Finns Fiat untergebracht hätten.

Obwohl Fenja es normalerweise hasste, einzukaufen, freute sie sich diesmal sogar darauf. Immerhin handelte es sich um ihr eigenes kleines Haus, das darauf wartete, in einen vorzeigbaren Zustand versetzt zu werden. Nicht nur das – es sollte das gemütlichste Eigenheim werden, das die Welt jemals gesehen hatte.

Sie hatte beschlossen, zuerst das Obergeschoss zu renovieren. Zum einen würde es schneller gehen und zum anderen würde sie die unteren Räume nicht erneut beschmutzen, wenn sie die Materialien nach oben trug.

Einige Zeit später schleppten Finn, Mareike und Fenja gefühlte Tonnen an Laminat, Tapeten und Farbe keuchend ins obere Stockwerk. Bereits nach der dritten Tour lief Fenja der Schweiß über die Stirn. Obwohl sie fast täglich bis zu zwei Touren durchs Watt machte, stand es mit ihrer Kondition beim Treppensteigen wohl nicht zum Besten.

Nach etwa einer halben Stunde hatten die Freunde es endlich geschafft. Erschöpft und schwer atmend schlugen sie sich mit matten Handbewegungen ab.

»Wenigstens müssen wir nächstes Mal keine Treppen mehr steigen«, sagte Mareike und rieb sich über die Stirn. Leicht angeekelt betrachtete sie den feuchten Film auf ihrer Handfläche, bevor sie ihn an ihrer Hose abwischte.

»Na ja, die Möbel müssen später schon noch irgendwie hoch«, erwiderte Fenja, die eine Grimasse schnitt. »Ich kann allerdings nicht sagen, dass ich mich darauf freue. Das wird bestimmt richtig anstrengend.«

»Jetzt stellt euch nicht so an.« Finn musterte die beiden belustigt. »Man könnte ja meinen, dass ihr noch nie etwas getragen habt.«

»Du hast gut reden. Übermorgen bist du in Afrika und kannst dich erholen.«

»Tja, meine liebe Fenja, ich verstehe eben etwas von gutem Timing.«

»Umso wichtiger, dass wir heute noch etwas geschafft kriegen.« Inzwischen wieder unternehmungslustig, machte sich Mareike daran, den Tapetentisch in einem der Zimmer aufzustellen.

Mit zweifelndem Blick betrachtete Fenja derweil den Erker mit der breiten Fensterbank. Sie freute sich unbändig darauf, später dort zu sitzen und zu lesen. Beim Tapezieren würden die halbrunden Wände erst einmal eine Herausforderung darstellen.

Als sie ihre Bedenken äußerte, winkte Finn nur ab. »Das ist doch kein Problem«, sagte er. »Wir schneiden die Tapete keilförmig ein, legen die Zacken übereinander und kleben sie fest.«

Erstaunt blickte Mareike ihn an. »Woher weißt du denn so was? Ich hätte gar nicht gedacht, dass du so ein Profiwissen hast.«

Finn lachte. »Im Gegensatz zu euch habe ich einfach im Internet nachgeschaut.« Mit gewichtiger Miene hob er einen Zeigefinger. »Das solltet ihr übrigens auch tun. Ansonsten klebt ihr das Laminat noch an die Decke.«

»Haha«, machte Fenja und warf einen kleinen Pinsel nach ihm, dem er geschickt auswich.

»Keine Sorge, wir werden das auch ohne dich ganz hervorragend hinbekommen«, teilte Mareike ihm in würdevollem Ton mit. »Was soll bei einer derart geballten Frauenpower schon schiefgehen?«

Auffordernd hob sie eine flache Hand in Richtung Fenja. Mit einem breiten Grinsen schlug sie ein. Natürlich hatte Mareike recht. Mit ihr zusammen würde es ein Kinderspiel werden und ein lustiges noch dazu.

Bereits am Vortag hatten sie die Wände mit Spachteln von den Tapetenresten befreit. Finn hatte den Tipp parat, die Tapetenreste anzufeuchten, damit sie sich leichter lösten. Vermutlich war es wirklich keine schlechte Idee, wenn sie sich im Internet schlaumachte. Wenn sogar Finn mit seinen zwei linken Händen es schaffte, sich handwerkliches Wissen anzueignen, würde ihr es gleich zweimal gelingen.

Dank Finns Expertise schafften sie es bis zum Einbruch der Dunkelheit den Raum vollständig zu tapezieren. Zufrieden drehte sich Fenja im Kreis und betrachtete ihr gemeinsames Werk. Dank ihrer lebhaften Phantasie konnte sie sich schon genau vorstellen, wie es hier später einmal aussehen würde.

Als sie beim *Haus Land unter* ankamen, stiegen alle aus dem Auto, denn nun war der Zeitpunkt des Abschieds gekommen. Finn zog Fenja in eine herzliche Umarmung, die sie erwiderte. Ihre Augen wurden feucht, während sie daran dachte, dass sie ihn nun mehrere Wochen nicht sehen würde. Die beiden kannten sich seit dem Kindergarten und waren noch nie so lange getrennt gewesen.

Zwar gönnte sie Finn die Reise von Herzen. Sie wusste, dass sie seit Jahren sein Wunschtraum gewesen war und wie lange er dafür gespart hatte. Dennoch fühlte es sich seltsam an. Bereits jetzt vermisste sie ihn heftig.

Nun, sie würde es schon überstehen. Es gab mehr als genug zu tun, das sie ablenken würde. Bestimmt verging die Zeit wie im Flug, und im Handumdrehen war er wieder da. Fast gelang es Fenja, sich das einzureden.

Nach der Umarmung wischte sie sich möglichst unauffällig über die Augen. Aus dem Augenwinkel sah sie, dass Finn es ihr gleichtat. Die beiden blickten sich an und fingen an zu lachen.

»Denk an dein Ticket und an deinen Pass«, sagte Fenja und zwinkerte ihm zu. »Sonst verpasst du noch deinen Flug.«

Kapitel 4

Ein paar Tage später kam Arndt zurück. Bei dem Gedanken daran stellte Fenja fest, dass ihr Herzschlag sich ein wenig beschleunigte. Nur kurz, aber nicht zu ignorieren. Streng ermahnte sie ihr Herz, mit dem Unsinn aufzuhören.

Als er die Pension betrat, hatte Fenja vor wenigen Minuten Position hinter dem Empfangstresen bezogen. Sie vertrat ihre Mutter, die einkaufen gehen wollte. Jungenhaft grinsend stand er vor ihr und hievte seinen Seesack von der Schulter, um ihn auf den Boden zu stellen. Bei seinem Anblick machte ihr unartiges Herz einen kleinen Hüpfer, was sie tunlichst ignorierte.

»Magst du dasselbe Zimmer wie beim letzten Mal?«, fragte Fenja in möglichst neutralem Ton. »Es ist zufällig gerade frei.«

»Ich hatte es vermutet.« Arndt grinste noch breiter. »Ansonsten hättest du es mir wohl nicht angeboten. Hoffe ich zumindest.«

Etwas peinlich berührt fühlte Fenja, wie ihre Wangen heiß wurden. Das war wirklich eine überaus dümmliche

Feststellung gewesen. Wie ein Mann, der fragte, ob seine Frau nach Hause gekommen sei, die er soeben durch die Wohnungstür treten sah.

»Wie geht es deiner Mutter?«, fragte sie, nicht nur, um von ihrem Fauxpas abzulenken.

Sie hoffte sehr, dass Arndts Mutter sich auf dem Weg der Besserung befand. Nicht mehr die volle Kontrolle über seinen Körper zu haben, musste schrecklich sein. Fenja wünschte ihr von ganzem Herzen, dass sie wieder vollständig genas.

»Besser. Ihr rechter Arm ist zwar noch gelähmt, aber sie macht wohl ganz gute Fortschritte. Ich habe sie aber noch nicht gesehen, da sie inzwischen in der Reha ist und bis zum Abend Anwendungen hat.«

»Wo ist sie denn in Reha?« Fenja konnte nicht verhindern, dass sie insgeheim hoffte, das Zentrum sei in der Nähe. Somit würde Arndt noch länger in der Pension übernachten. Dass er vor ihr stand, war allerdings schon mal ein gutes Zeichen.

»In der Nähe von Cuxhaven«, sagte Arndt. Als hätte er ihre Gedanken gelesen, fügte er hinzu: »Ich bleibe euch hier also noch eine Weile erhalten.«

»Das ist schön«, rutschte es Fenja heraus.

Fast hätte sie sich beide Hände auf den Mund gepresst im unsinnigen Versuch, die Worte ungesagt zu machen, konnte sich aber gerade noch zurückhalten. Zumindest diese Peinlichkeit hatte sie sich erspart.

»Finde ich auch.« Arndt schien noch etwas sagen zu wollen, doch kein Wort verließ seine Lippen. Er holte tief Luft und setzte erneut an. »Ähm ... ich würde dich gern noch was fragen.«

»Nur zu.«

»Ähm ... also ... was hältst du davon, wenn wir nachher eine Runde spazieren gehen?«

Sie freute sich darüber, dass er sich privat mit ihr treffen wollte. Insgeheim hatte sie ein wenig darauf gehofft, was sie vor anderen niemals zugegeben hätte.

Zu einem richtigen Date würde es allerdings nicht kommen. Das wusste sie zu verhindern. In der näheren Zukunft würde sie mit niemandem ein Date haben. Wenn überhaupt noch jemals. Doch was gab es gegen einen harmlosen Spaziergang einzuwenden?

»Tut mir leid wegen der Frage«, hörte sie Arndt sagen. »Ich wollte dir nicht zu nahetreten. Es ist vollkommen okay, wenn du nicht möchtest. Wir kennen uns ja kaum.«

Erst bei seinen Worten bemerkte sie, dass sie in Gedanken versunken war und ihm noch gar nicht geantwortet hatte. »Oh, das können wir gerne machen«, beeilte sie sich, ihm zu versichern. »Ich war gerade nur etwas abwesend. Das passiert mir manchmal. Meine Mutter sagt gerne, dass ich mit dem Kopf in den Wolken schwebe.«

Arndt ließ hörbar die Luft aus seiner Lunge entweichen. »Dann ist ja gut. Fast habe ich befürchtet, etwas falsch verstanden zu haben.«

Vorsorglich verzichtete Fenja darauf, ihn zu fragen, was er genau damit meinte. Darüber nachdenken würde sie besser auch nicht. Das führte nur zu Problemen, die sie nicht gebrauchen konnte. Und zwar ganz und gar nicht.

»Wie wäre es gleich mit heute Nachmittag?«, fragte Arndt und lächelte sie an.

Bedauernd blickte ihm Fenja in die Augen. Wie schon einmal war sie fasziniert von der Zweifarbigkeit seiner Pupillen. »Das geht leider nicht, weil ich noch eine Wattwanderung habe. Ich kann erst heute Abend.«

»Da besuche ich meine Mutter.«

»Ach ja, stimmt. Tut mir leid, daran habe ich überhaupt nicht gedacht.«

»Das muss dir doch nicht leidtun.« Arndt stützte sich mit den Ellbogen auf dem Tresen ab und drückte den Rücken durch. »Dann morgen gleich nach dem Frühstück?«

Fenja schüttelte den Kopf. »Da habe ich auch eine Wattwanderung«, sagte sie und verzog den Mund. »Aber morgen Nachmittag könnte ich.«

»Wunderbar. Treffen wir uns um 14 Uhr genau hier?«

»Abgemacht.«

Fenja drehte sich zum Schlüsselboard, um seinen Zimmerschlüssel zu holen. Dabei merkte sie, dass sich ein Lächeln auf ihrem Gesicht ausbreitete. Rasch unterdrückte sie es und wandte sich wieder Arndt zu. Als sie ihm den Schlüssel hinhielt, griff er danach, wobei sich kurz ihre Hände berührten.

An den entsprechenden Stellen entstand bei Fenja ein angenehmes Kribbeln, das sich bis in den Unterarm hinauf ausbreitete. Verlegen senkte sie den Kopf und tat ihr Bestes, es zu ignorieren. Daher konnte sie nicht sehen, ob es Arndt genauso erging.

***

Tags darauf stellte Fenja bei der Wattwanderung fest, dass sie nicht ganz bei der Sache war. Einmal bekam sie sogar die Frage eines kleinen Mädchens erst mit, als es sie am Ärmel zupfte und mit hohem Stimmchen darum bat, ihm endlich zuzuhören.

Nach einer wortreichen Entschuldigung zwang sich Fenja zur Konzentration. Ihr Verhalten war nicht nur unhöflich, sondern konnte auch gefährlich sein. Wenn sie nicht alles um sie herum mitbekam, geriet eines der Kinder womöglich in einen Priel oder ein tiefes Schlickgebiet.

Zum Glück brachte sie ihre Gruppe komplett und heil an den Strand zurück. Obwohl es alles andere als ihre beste Führung gewesen war, erntete sie freundlichen Applaus der Teilnehmer und steckte mit dankbarem Lächeln das Trinkgeld ein, welches ihr einige überreichten.

Beim Mittagessen brachte Fenja kaum einen Bissen herunter, was sie zur berechtigten Frage veranlasste, warum sie so aufgeregt war. Schließlich ging es nur um einen Spaziergang und nicht um eine Operation am offenen Herzen. Wobei zugegebenermaßen ihr Herz schon eine Rolle spielte. Aber daran wollte sie jetzt nicht denken. Irgendwie würde sie es schaffen, Arndt nicht *zu* sympathisch zu finden.

Pünktlich um 14 Uhr ging sie zur Rezeption, doch Arndt war nicht da. Nervös trat sie von einem Bein auf das andere. Hatte sie womöglich etwas falsch verstanden? Oder – noch schlimmer – hatte er sich anders entschieden?

Ihre Mutter, die hinter dem Tresen auf einem Barhocker saß und eine Zeitung las, blickte auf. »Ist etwas, mein Schatz?«, fragte sie. »Du wirkst so unruhig.«

»Alles okay«, erwiderte Fenja, die inzwischen bereute, sich mit Arndt in der Rezeption verabredet zu haben. Sie hätte sich denken können, ja müssen, dass ihre Mutter anwesend war und alles mit ihren Adleraugen verfolgte. Es war nahezu unmöglich, etwas vor ihr zu verheimlichen.

Immer wieder schielte Fenja möglichst unauffällig zur großen Uhr an der Wand, deren Sekundenzeiger sich quälend langsam bewegte. Um exakt 14.03 Uhr und 16 Sekunden hörte sie hinter sich Arndts Stimme. Erleichterung machte sich in ihr breit, während sie sich zu ihm umwandte.

»Tut mir so leid, dass ich dich warten ließ«, sagte er. »Ich hatte meine Mutter am Telefon, und sie war einfach nicht zu bremsen.«

»Oh, das kenne ich«, erwiderte Fenja und lachte.

»Das habe ich gehört!«

»Wollen wir los?« Arndt wies mit einem Arm zur Tür. »Ich kann es kaum erwarten, mir die Beine zu vertreten.«

»Gerne.« Nachdem sie ihrer Mutter zugewinkt hatte, nickte sie in Richtung Arndt und ging los.

Betont forschen Schrittes und mit aufgesetzt neutraler Miene trat sie durch die Tür, die Arndt ihr galant aufhielt.

Vom *Haus Land unter* dauerte es nur wenige Minuten zu Fuß an den Strand. Sie entschieden sich für den Weg, der direkt am Meer entlangführte. Da der Himmel wolkenverhangen war und es aussah, als könnte es jeden Augenblick anfangen zu regnen, hielten sich für die Sommerurlaubszeit recht wenig Touristen dort auf.

Nur ein paar der Strandkörbe waren besetzt, und auf der Hundewiese herrschte gähnende Leere. Inzwischen hatte die Flut fast den Höchststand erreicht, so dass nur ein schmales Stück Sandstrand am äußersten Rand hervorblitzte. Wellen brandeten heran mit der typischen Sanftheit für diesen Uferabschnitt.

Fenja blickte aufs Meer und erfreute sich wie so oft an dessen Farben. Sie changierten von Blassblau bis zu einem grünlichen, den Algen geschuldeten Ton. Der Himmel hingegen zeigte sich graublau, wodurch sich der Horizont deutlich vom Wasser abhob. Das war nicht immer so, wusste Fenja. Manchmal ließ sich der Übergang zwischen Meer und Himmel nur schwer oder gar nicht bestimmen.

Als sie tief die leicht salzig riechende Luft in ihre Lunge sog, stellte sie fest, dass es nicht nach Regen roch. Nach all den Jahren am Meer hatte sie dafür ein Gespür entwickelt, womit sie fast immer richtiglag. Wie schon Tausende Male zuvor leckte sie sich über die Lippen und genoss den kaum merklichen salzigen Geschmack.

»Ist alles in Ordnung?«, fragte Arndt nach einer Weile. »Du bist so schweigsam.«

»Alles bestens.« Fenja wandte den Kopf zu ihm und lächelte ihn an. »Ich genieße nur das Meer. Und ich mag es, wenn es nicht so voll ist. Kein Stimmengewirr, kein Gedränge, nur das Geräusch der Wellen und Geschrei der Möwen.«

»Das geht mir genauso.« Arndt lächelte zurück. »Außerdem mag ich den Wind, der mir um die Ohren bläst. Auf dem offenen Meer ist das noch eindrucksvoller.«

»Absolut. Ein paar Mal bin ich mit einer Fähre zu den Ostfriesischen Inseln gefahren, um von dort aus segeln zu gehen. Das war einfach traumhaft.« Bei der Erinnerung daran wurde es Fenja ganz warm ums Herz. Am liebsten wäre sie direkt nach Neßmersiel gefahren, um eine Fähre nach Baltrum oder Langeoog zu besteigen.

»Aber nur, wenn man nicht direkt neben den Schiffsmotoren steht«, gab Arndt mit einem Augenzwinkern zu bedenken. »Glaub mir, das ist alles andere als traumhaft.«

»Das ist ein Argument.«

»Darf ich dich mal was fragen?«

Fenja lachte. »Nur zu. Solange die Frage nicht unter die Gürtellinie geht.«

Arndt stimmte in das Lachen ein. »Nein, keine Sorge. Mich würde nur interessieren, wie du dazu gekommen bist, Wattwanderungen zu machen.«

»Oh, das ist einfach«, sagte Fenja, die abrupt ernst geworden war. »Mein Vater hat mich von frühester Kindheit an regelmäßig mit ins Watt genommen. Er hat die Firma gegründet, weißt du? Nach seinem Tod habe ich sie dann übernommen. Es hätte mir das Herz gebrochen, wenn es *Wattvergnügen* nicht mehr geben würde.«

Betroffen blickte er sie an. »Das tut mir sehr leid für dich. Auch, dass ich so neugierig war.«

»Kein Problem, das konntest du nicht wissen.« Fenja zwang sich zu einem gequälten Lächeln. »Und ich rede ja gerne über meine Arbeit.«

Arndt legte einen Arm um ihre Schultern und drückte sanft zu. Seltsamerweise fühlte sich Fenja dadurch getröstet. Die Last der aufgekommenen Trauer milderte sich zu einem liebevollen Gedenken.

Schlagartig ging es ihr besser, und es hätte sie nicht gewundert, wenn ihr Vater gerade vom Himmel auf sie herabblickte, um ihr aufmunternd zuzunicken. Eine Kusshand würde er ihr sicher nicht zuwerfen, da er für derlei offene Liebesbezeugungen bereits zu Lebzeiten keinen Draht gehabt hatte.

»Und wie bist du auf einem Containerschiff gelandet?« Unbewusst schmiegte sie sich ein wenig an Arndt, der keine Anstalten machte, sie loszulassen.

»Das war völlig unspektakulär. Die Stelle war ausgeschrieben, ich habe mich beworben und sie bekommen.« Er blickte sie von der Seite an. »Weißt du, schon als kleiner Junge habe ich das Meer geliebt. Bereits mit fünf Jahren wusste ich, dass ich auf hoher See arbeiten will.

Ich liebe das Gefühl unendlicher Freiheit, das mich überkommt, sobald kein Land mehr zu sehen ist.«

»So geht es mir auch. Allerdings reicht es mir, wenn ich aufs Wasser hinausblicke und den unendlichen Horizont sehe. Ich würde niemals an einem Ort wohnen, von dem aus ich das Meer nicht in kurzer Zeit erreiche.«

»In dieser Hinsicht sind wir uns sehr ähnlich. Ohne das Meer in der Nähe bin ich nur ein halber Mensch.«

Dem konnte Fenja nur zustimmen. Ihr fiel ein, dass sie Arndt ja noch gar nichts von ihrem Haus erzählt hatte. Dies holte sie nun nach, indem sie mit leuchtenden Augen in höchsten Tönen davon schwärmte.

»Das klingt großartig«, sagte Arndt, als sie geendet hatte. »Brauchst du noch Hilfe bei der Renovierung? Ich habe ja ein paar Tage frei, und es wäre mir eine Ehre, dir dabei zu helfen.«

»Das wäre super.« Fenja lächelte ihn an. »Aber nur, wenn es dir wirklich nichts ausmacht.«

»Sonst hätte ich nicht gefragt.«

***

Bereits am nächsten Nachmittag trafen sie sich mit Mareike an Fenjas Haus, das sie *Haus Meerestraum* getauft hatte. Es stellte sich heraus, dass Arndt kräftig zupacken konnte. Binnen kürzester Zeit hatte er den Laminatboden in Fenjas zukünftigem Schlafzimmer verlegt, während die Freundinnen das dritte Zimmer tapezierten.

Zufrieden betrachtete Fenja ihr nun fertig renoviertes Schlafzimmer. Der freundliche Grünton harmonierte perfekt mit dem grauen Laminat. Sie freute sich schon darauf, die erste Nacht hier zu verbringen. Bestimmt würde sie hier hervorragend schlafen, begleitet von süßen Träumen.

»Seid ihr noch fit?«, fragte Arndt und rieb sich unternehmungslustig die Hände. »Falls ja, würde ich sagen, wir streichen noch Fenjas Arbeitszimmer.«

Bedauernd schüttelte Mareike den Kopf. »Ich passe. Morgen muss ich sehr früh raus, weil ich ein Event organisiere.«

»Ich bin dabei«, sagte Fenja. »Lass uns von mir aus bis spät in die Nacht weitermachen. Wie ihr euch vorstellen könnt, bin ich scharf darauf, dass das Haus fertig wird.«

Sie verabschiedete sich von Mareike mit einer herzlichen Umarmung, die diese erwiderte. Eine kleine Weile standen sie eng umschlungen da.

»Der ist ja ein ganz schönes Schneckchen«, flüsterte Mareike ihr ins Ohr. »Wenn wir uns das nächste Mal treffen, will ich gefälligst Einzelheiten hören. Kaum zu glauben, dass du ihn mir bisher vorenthalten hast.«

»Pscht«, machte Fenja. Sie warf einen unauffälligen

Blick auf Arndt. Zum Glück schien er nichts bemerkt zu haben, da er gerade dabei war, einen Farbeimer zu öffnen.

Sie kam nicht umhin, festzustellen, dass er in seiner zerrissenen Jeans und dem weißen T-Shirt, das ein großes Loch im Brustbereich aufwies, ausgesprochen gut aussah. Besser, als wiederum gut für sie selbst war.

Schnell schüttelte sie den Gedanken ab. Als Mareike ansetzte, noch etwas zu sagen, legte sie einen Zeigefinger auf ihre Lippen. Bevor es Mareike womöglich einfiel, Arndt auszufragen – was ihr durchaus zuzutrauen war –, scheuchte Fenja sie liebevoll, aber nachdrücklich hinaus.

Es war zu erwarten gewesen, dass Mareike mehr in die Situation hineininterpretierte, als es der Realität entsprach. Schließlich lag ihre Freundin ihr häufiger in den Ohren, sich endlich wieder für einen neuen Mann zu öffnen.

Dabei war sie selbst seit drei Jahren eingefleischter Single. Häufig sagte sie, dass ihr so schnell kein Mann mehr ins Haus kommen würde. Wenn es um Fenja ging, ließ sie diese Einstellung allerdings nicht gelten. Warum das so war, wusste Fenja nicht genau. Vermutlich lag es daran, dass Mareike sie unbedingt in einer glücklichen Partnerschaft sehen wollte.

Energisch zog Fenja einen Träger ihrer alten Latzhose

hoch, der von der Schulter gerutscht war. Jetzt hatte sie keine Zeit für Grübeleien.

Sie schnappte sich eine Rolle Kreppband und begann, die Kanten abzukleben. Dabei ging sie mit großer Sorgfalt vor. Wenn alles fertig war, sollte es perfekt aussehen und nicht lieblos hingeschludert.

»Du hast es gerne bunt, was?«, fragte Arndt hinter ihr. »Sicher bekommt jedes Zimmer eine andere Farbe.«

Sie blickte über ihre Schulter und sah, dass er mit einem Stock die orangene Farbe im Eimer umrührte. »Stimmt«, erwiderte sie. »Mir reicht es völlig, wenn die Decke weiß ist.«

»Was hast du eigentlich mit dem dritten Raum hier oben vor?«

»Der wird das Gästezimmer.« Fenja seufzte glücklich. »Endlich habe ich ein eigenes Zuhause. Du glaubst gar nicht, wie sehr ich mich darauf freue.«

»Hast du denn immer bei deiner Mutter gelebt?« Etwas verwundert schaute Arndt sie an. »Versteh mich nicht falsch – ich finde daran nichts Schlimmes. Nur hätte ich das irgendwie nicht von dir gedacht.«

»Nein, das ist nur vorübergehend.«

Kurz überlegte Fenja, ob sie Arndt von Axel berichten sollte, doch sie entschied sich dagegen. Es würde ihn sicher nicht interessieren. Außerdem ging es ihn nichts an. Dazu kam, dass sie gerade an alles andere denken wollte als an ihren Ex. Wenn sie es recht bedachte, spielte er inzwischen überhaupt keine Rolle mehr bei ihren Überlegungen.

Wenig später hatte Fenja alles abgeklebt und zusammen mit Arndt eine Plane auf dem Boden ausgelegt. Wenn dennoch etwas Farbe darauf landen sollte, war das nicht schlimm, da das Laminat noch verlegt werden musste.

Während die beiden die Wände strichen, unterhielten sie sich angeregt. Fenja kam es so vor, als würde sie Arndt schon ewig kennen. Es war fast so wie mit Mareike und Finn, mit denen sie bereits den Kindergarten besucht hatte. Irgendwie fühlte es sich seltsam vertraut an, doch darüber dachte sie besser nicht intensiver nach.

Fenja erzählte, wie sich Max und Moritz einmal hinter den Rezeptionstresen gedrängt hatten. Als sie dazugekommen war, stand davor ein höchst verwunderter Gast, der Max gerade fragte, ob er heute für den Empfang zuständig war. Dies schien Moritz nicht zu gefallen, denn er trabte laut quiekend hinter dem Tresen hervor.

Arndt lachte schallend los. »Das kann ich mir richtig gut vorstellen. Es klingt ganz nach den beiden.«

»O ja«, sagte Fenja und nickte. »Zum Glück hat der Gast es mit Humor genommen.«

»Sei lieber froh, dass Max ihm keinen Zimmerschlüssel überreicht hat.«

Auch Fenja lachte. »Bei seinem Geschick wäre ihm das durchaus zuzutrauen. Verrate ihm das aber bloß nicht, sonst kommt er noch auf die Idee, es auszuprobieren.«

»Bring mich nicht auf dumme Gedanken.« Arndt zwinkerte ihr zu. »Es könnte sein, dass du es bereust.«

»Du bist ja noch schlimmer als Max und Moritz zusammen!«, rief Fenja in gespielter Empörung.

Dann erzählte ihr Arndt von seiner Kindheit, die er mit seinen Eltern und seinem jüngeren Bruder Leif in Neßmersiel verbracht hatte, einem kleinen Badeort an der ostfriesischen Nordseeküste.

Als Kinder hatten sie sich einen Spaß daraus gemacht, Touristen ein wenig zu ärgern. Wenn sie etwa nach dem Weg gefragt wurden, gaben die beiden gerne falsche Informationen und stellten sich lachend vor, wie die Touristen hilflos umherirrten.

Mitunter waren sie ihnen sogar nachgegangen. Sie lugten um Häuserecken, um sich über die Touristen zu amüsieren. Mehr als einmal wären sie dabei fast ertappt worden, doch es gelang ihnen immer, unbemerkt zu bleiben.

»Ihr habt es ja faustdick hinter den Ohren gehabt«, stellte Fenja fest. »Ich glaube, mit meiner Einschätzung lag ich gar nicht so falsch.«

Mit verschwörerischer Miene legte Arndt einen Zeigefinger auf seinen Mund. »Aber verrate es keinem weiter.«

Es kam Fenja so vor, als verstriche die Zeit wie im Flug. Nur wenige Minuten schienen vergangen, bis die Wände mit den Farbrollen gestrichen waren. Nun begannen die beiden, die Ecken und Übergänge mit jeweils einem Pinsel mit Farbe zu versehen.

»Mist!« Fenja fuhr sich über die Haare, womit sie einen großen Farbklecks verwischte, der darauf gelandet war.

»Das Orange beißt sich ja schon ein wenig mit deinen Haaren«, stellte Arndt in trockenem Ton fest. »Gut, dass du sie nicht siehst, wenn du später in deinem Arbeitszimmer sitzt.«

»Haha«, machte Fenja. Sie ging zum Farbeimer und tauchte den Pinsel ein. Mit Unschuldsmiene trat sie zu Arndt, um ihm in einer blitzschnellen Bewegung den Pinsel durch das Gesicht zu ziehen. »Mit deiner Gesichtsfarbe harmoniert die Farbe übrigens auch nicht so gut. Sei froh, dass du es nicht sehen musst.«

»Na warte!« Arndt hob nun seinen Pinsel und versetzte ihr einen orangefarbenen Punkt auf die Nasenspitze. »Das wiederum steht dir ganz hervorragend.«

Fenja quiekte. Sie holte mit ihrem Pinsel aus in der Absicht, Arndts Gesicht weiter zu verschönern. Doch es gelang ihr nicht, da er schnell ein paar Schritte zurückwich. Nun war er wieder an der Reihe, vorzupreschen. Da Fenja es kommen sah, trat sie ihrerseits zurück.

Dabei rutschte sie allerdings auf einem großen, noch feuchten Farbklecks aus. Mit rudernden Armen versuchte sie, das Gleichgewicht zu bewahren. Einen Augenblick sah es so aus, als würde es ihr gelingen.

Arndt eilte auf sie zu und packte sie an den Schultern, gerade in dem Moment, in dem sie ihr Gleichgewicht endgültig verlor. Mit einem leisen Aufschrei setzte sie sich auf den Hosenboden, begleitet von Arndt, dem es nicht gelang, sie auf dem rutschigen Boden aufrecht zu halten.

Unsanft landete er auf ihren Beinen, woraufhin ihr ein leiser Schmerzensschrei entfuhr. Eine Sekunde später musste sie bereits lachen. Es sah zu komisch aus, wie Arndt halb auf ihren Beinen hockte und sie mit verdutztem Gesichtsausdruck anblickte.

Er fiel in ihr Lachen mit ein, wurde kurz darauf jedoch wieder ernst. »Hast du dir wehgetan?«, fragte er mit besorgter Stimme.

»Mein Hintern zwiebelt ein bisschen. Ansonsten ist alles okay.«

»Gut. Ich habe schon befürchtet, dass ich dir die Beine zerquetscht habe.«

»Keine Sorge, du hast dich ja noch ganz gut abgefangen«, sagte Fenja und machte Anstalten, sich zu bewegen. Es misslang, da Arndt sich immer noch auf ihr befand.

»Daran erinnern mich schmerzhaft meine Knie«, erwiderte Arndt und schnitt eine Grimasse. »Und es ist wirklich alles noch dran an dir?«

Als er sein Gesicht nahe vor ihres brachte, um ihr mit prüfendem Blick in die Augen zu schauen, wurden ihre Knie weich. Und dies lag nicht an dem Gewicht, das sich darauf befand. Fenja stockte der Atem, und sie hielt unbewusst die Luft an.

Er würde doch jetzt nicht etwa versuchen, sie zu küssen? Was sollte sie dann nur machen? Während Fenja noch fieberhaft überlegte, entfernte Arndt sein Gesicht von ihrem und stand hastig auf. Dabei wirkte er leicht verlegen, ganz so, als hätte er gerade fast etwas getan, was er später zu bereuen befürchtete.

In Fenja trugen Erleichterung und Enttäuschung einen Ringkampf aus. Die Erleichterung holte die meisten Punkte, wenn auch nur knapp. Was war das denn eben gewesen? Hatte ein Teil von ihr etwa gewollt, dass Arndt probieren würde, sie zu küssen?

Nein, das konnte nicht sein. Sie hatte beschlossen, keinen Mann zu nahe an sich heranzulassen, und daran würde sie sich auch halten. Es wäre ja noch schöner, wenn sie zuließe, dass ihre Hormone ihr einen Strich durch die Rechnung machten.

Die lockere, vertraute Stimmung war verflogen. Sie wurde von einer Atmosphäre abgelöst, die von Unsicherheit geprägt war, zumindest, was Fenja betraf. Auf Arndts Versuche, wieder ein Gespräch zu beginnen, reagierte sie recht einsilbig, da sie einfach nicht wusste, was sie von der vorherigen Situation halten sollte.

Als sie die Wände fertig gestrichen hatten, nahm sich Fenja nicht einmal die Zeit, zufrieden ihr gemeinsames Werk zu begutachten. In ihr kam das Gefühl auf, möglichst schnell von hier wegzumüssen, weswegen sie sich rasch bei Arndt bedankte und sich von ihm verabschiedete.

Kapitel 5

»So, jetzt reden wir mal Tacheles«, sagte Mareike, die mit untergeschlagenen Beinen auf Fenjas Bett saß. »Ich will ganz genau wissen, was es mit Arndt auf sich hat. Und dass du mir auch ja kein Detail auslässt.«

Fenja gab dem Schaukelstuhl, in dem sie saß, mit den Füßen einen Schubs. »Gar nichts hat es mit Arndt auf sich. Ich finde ihn recht nett, das ist alles.«

Mareike schnaubte. »Wer's glaubt, wird selig. Jedem, der Augen im Kopf hat, fällt auf, wie ihr euch gegenseitig anschaut. Wenn ihr denkt, dass der andere nicht hinsieht, verschlingt ihr euch förmlich mit Blicken.«

»So ein Quatsch! Du kannst dir sicher sein, dass ich nichts von Arndt will und er garantiert auch nichts von mir. Weißt du, was dein Problem ist? Du willst mich unbedingt verkuppeln, daher bildest du dir Sachen ein, die gar nicht da sind.«

Nach einem erneuten Schnauben schnappte sich Mareike ein Zierkissen, um es nach Fenja zu werfen. Geschickt fing sie es auf und warf es zurück. Obwohl Mareike die Arme danach ausstreckte, landete es vor ihr auf dem Bett.

»Fangen kannst du schon mal nicht, aber dafür wilde Theorien aufstellen«, sagte Fenja und kicherte.

Vielsagend wippte Mareike mit einem ausgestreckten Zeigefinger in Richtung ihrer Freundin. »Du kannst dich noch so sehr querstellen, meine Liebe. Da ist mehr zwischen euch, darauf wette ich. Und darauf, dass du noch an meine Worte denken wirst.«

»Das glaube ich kaum.«

»O doch. Dir ist klar, dass du nur Angst davor hast, wieder verletzt zu werden?«

Fenja gab auf und seufzte. »Du hast ja recht«, sagte sie. »Trotzdem ändert es nichts an der Tatsache, dass ich mich momentan auf gar keinen Fall verlieben will. Außerdem scheint es Arndt ja wohl auch so zu gehen, sonst hätte er längst etwas unternommen.«

»Da ist was dran«, erwiderte Mareike langsam. Nachdenklich tippte sie sich mit einem Zeigefinger gegen die Nasenspitze. »Allerdings könnte ich wetten, dass er drauf und dran ist, sich in dich zu verlieben. Genau wie du im umgekehrten Fall übrigens. Vielleicht ist er einfach nur schüchtern.«

»Selbst wenn, macht es keinen Unterschied.« Energisch klatschte Fenja in die Hände. »Und jetzt lass uns das Thema wechseln, bitte. Hab ich dir eigentlich schon erzählt, dass in ein paar Tagen der neue Wattführer anfängt?«

»Na, dann hoffen wir mal, dass er dir nicht deine Kunden wegnimmt.«

Fenja schüttelte den Kopf. »Darüber muss ich mir, glaube ich, keine Gedanken machen. Ich muss so oft spontan vorbeikommende Touristen wegschicken oder auf einen anderen Tag buchen, weil meine Gruppe voll ist. Nein, da werden wir uns nicht in die Quere kommen.«

»Dann hoffe ich mal für dich, dass dieser Bent es genauso empfindet. Ich könnte mir vorstellen, er sieht das Ganze nicht so entspannt wie du. Schließlich bist du eine Konkurrentin für ihn.«

»In der Saison gibt es doch mehr als genug Touristen für uns beide.«

»Das ja.« Mareike wiegte den Kopf hin und her. »Aber in der Nebensaison sieht es anders aus. Da könnte es schon sein, dass er befürchtet, du schnappst ihm die Kunden weg.«

»Jetzt mal nicht den Teufel an die Wand. Es wird bestimmt alles gut gehen.«

***

Eine Woche später musste Arndt zurück aufs Schiff. Zufällig fiel seine Abreise genau auf den Tag, an dem der neue

Wattführer sein Geschäft eröffnen würde. Fenja beschloss, vor ihrer ersten Wattwanderung an seinem Verkaufshäuschen vorbeizuschauen, um ihn zu begrüßen und ihm alles Gute zu wünschen.

In *Haus Meerestraum* waren sie gut vorangekommen. Die Zimmer im oberen Stockwerk, Flur und Wohnzimmer erstrahlten bereits in neuem Glanz. Am vorherigen Tag hatten Mareike, Arndt und Fenja begonnen, die Fliesen in der Küche herauszuschlagen, was einen Haufen Arbeit bedeutete.

Das Verhältnis zwischen Arndt und Fenja war inzwischen wieder recht ungezwungen. Lange hatte sie darüber nachgedacht, wie sie sich ihm gegenüber verhalten sollte, hatte sogar in Erwägung gezogen, den Kontakt zu ihm abzubrechen.

Doch das erschien ihr albern. Schließlich war rein gar nichts passiert. Seit der Situation im Gästezimmer hatte Arndt keinerlei Anstalten gemacht, ihr näherzukommen. Er verhielt sich wie sonst freundlich und kumpelhaft. Derweil war sich Fenja sogar fast sicher, dass sie sich das Ganze nur eingebildet hatte.

Glücklicherweise hielt sich Mareike mit Äußerungen zurück, was Fenja und Arndt betraf. Sie beschränkte sich darauf, ihr zuzuzwinkern, wenn sie der Meinung war, dass Arndt ihr unauffällige Blicke zuwarf. Wenn Mareike zufällig neben ihr stand, versetzte sie Fenja schon einmal einen leichten Stoß mit dem Ellbogen.

Damit konnte Fenja leben. Es blieb ihr auch nichts anderes übrig, da sie ihre Freundin ohnehin nicht davon abhalten konnte. Zum Glück ließ Arndt nicht durchblicken, ob er es mitbekam. Wobei es ein Wunder wäre, wenn nicht, angesichts der Auffälligkeit, mit der Mareike vorging. Doch solange er sich dazu nicht äußerte, war alles in bester Ordnung.

Am Tag von Arndts Abreise frühstückten er und Fenja noch zusammen, bevor sich die beiden mit einer freundschaftlichen Umarmung verabschiedeten. Als sie sich danach in die Augen schauten, meinte Fenja, Traurigkeit in seinem Blick zu erkennen. Sie konnte es ihm nicht verdenken, da es ihr nicht anders erging, obwohl sie versuchte, das Gefühl mit aller Macht zu unterdrücken.

Kurz darauf schwang sie sich auf ihr Fahrrad, um die wenigen Kilometer nach Tossens zu fahren. Die Sonne strahlte vom wolkenlosen Himmel, und Fenja ging davon aus, dass heute viele Touristen ohne Voranmeldung kommen würden. Da ihre Gruppe bereits fast voll war, konnte sie sicher nicht alle mitnehmen. Sie beschloss, ihrem neuen Kollegen anzubieten, ein paar davon zu ihm zu schicken.

In Tossens bog sie im Kreisverkehr in die schmale Straße Richtung Damm ein. Es herrschte reger Auto- und Fußgängerverkehr. Mit großen Taschen bepackte Touristen bevölkerten die breiten Fußwege. Sicherlich waren sie auf dem Weg zum Friesenstrand, der an einem Abenteuerspielplatz für Kinder lag.

Die meisten Restaurants hatten noch geschlossen und würden zur Mittagszeit ihre Tore für den Besucherandrang öffnen. Bereits offen war der große Souvenirladen. Als Fenja daran vorbeifuhr, sah sie, dass er gut besucht war.

Wenige Meter darauf hatte sie das Verkaufshäuschen von Bent Olafsson erreicht. Sie stellte ihr Fahrrad ab, um nachzusehen, ob er sich darin befand. Es sah gut aus, da die Tür offen stand. Als sie näher trat, erkannte sie einen kräftigen Mann mit schwarzem Vollbart im Inneren des kleinen Gebäudes.

»Hallo«, sagte sie mit einem freundlichen Lächeln. »Sie müssen Bent Olafsson sein.«

Der Mann blickte von einem Ordner auf, in dem er herumgeblättert hatte. »In der Tat, das bin ich. Und Sie sind …?«

»Fenja Hanssen. Ich bin Ihre Kollegin von *Wattvergnügen*. Mein Verkaufshäuschen steht da vorne.« Mit einer Hand deutete sie ein Stück die Straße entlang. »Wir werden sicher gut miteinander auskommen.«

»Kollegin?« Der Blick, mit dem Olafsson sie bedachte, war eindeutig verächtlich. »*Konkurrentin* wollten Sie wohl eher sagen. Mit diesem aufgesetzten Verhalten sind Sie bei mir an der falschen Adresse.«

Unwillkürlich zuckte Fenja ein wenig zusammen. Oje. Das klang gar nicht gut. Ob Mareike recht behalten würde mit ihrer Befürchtung, dass er sie als reine Konkurrentin sah? Irgendwie musste sie ihn vom Gegenteil überzeugen, denn sie hatte nicht die geringste Lust auf unkollegiales Verhalten oder – schlimmer noch – Antipathie.

»Hören Sie«, sagte sie daher. »Es besteht kein Grund, dass wir uns als Konkurrenten sehen. Im Sommer werden wir uns ganz sicher nicht in die Quere kommen. Ich habe sogar überlegt, ob ich Ihnen nicht ein paar Kunden zuschanzen könnte.«

Olafsson kniff die Augen zusammen. »Auf Ihr Mitleid kann ich sehr gut verzichten.« Er spie die Worte förmlich aus. »Eines haben Sie allerdings goldrichtig erkannt. Im *Sommer* gibt es genug Touristen für uns beide. Es existieren jedoch drei weitere Jahreszeiten, falls es Ihnen entgangen sein sollte.«

Nur nicht aufregen, sagte sich Fenja und atmete tief durch. »Dafür werden wir sicher eine Lösung finden. Wir könnten uns zusammentun und …«

»… eher gefriert die Hölle«, unterbrach Olafsson sie in beißendem Ton. »Und jetzt sehen Sie zu, dass Sie Land gewinnen, bevor ich mich noch vergesse.«

Okay, da war wohl nichts zu machen. Enttäuscht wandte sich Fenja ab. Angesichts seines unverschämten Betragens konnte sie nicht verhindern, dass Wut in ihr hochstieg, weswegen sie sich noch einmal umdrehte.

»Wenn Sie Ihre Kunden auch so behandeln, müssen Sie sich nicht wundern, wenn Sie bald keine mehr haben«, sagte sie, wobei sie sich um Gelassenheit bemühte.

Am liebsten hätte sie ihm ganz andere, saftigere Wörter entgegengeschleudert, doch das hatte keinen Sinn. Damit würde sie den Unfrieden nur schüren.

»Das lassen Sie mal meine Sorge sein. Und jetzt verdünnisieren Sie sich endlich!« Mit beiden Händen wedelte Olafsson in Richtung Fenja, als wollte er einen Hund verscheuchen.

»Arschloch«, murmelte Fenja und ging zu ihrem Fahrrad. Als sie aufsteigen wollte, bemerkte sie, dass ihre Hände vor Wut zitterten. Erst nachdem sie mehrmals tief durchgeatmet hatte, fühlte sie sich imstande, die paar Meter zu ihrem Verkaufshäuschen weiterzufahren.

Das konnte ja heiter werden! Es blieb zu hoffen, dass Olafsson sie wenigstens in Ruhe lassen würde. Ein derart ungehobelter Kerl war ihr selten untergekommen. Er musste private Probleme haben, ansonsten wäre er zu einem Mindestmaß an Höflichkeit fähig. Nun ja, wenn er sich seinen Kunden gegenüber ebenfalls so unflätig verhielt, würde er sich schneller ins Aus schießen, als er »Piep« sagen konnte.

Vor Fenjas Verkaufshäuschen warteten bereits mehrere Touristen. Da ihre Wanderung erst in knapp einer Dreiviertelstunde losging, waren es sicher Leute, die keine Vorabreservierung hatten.

Es tat ihr immer ein wenig leid, dem Großteil davon absagen zu müssen, aber es wäre unverantwortlich gewesen, eine zu große Gruppe mitzunehmen. Bei zu vielen Menschen verlor sie gezwungenermaßen den Überblick, was für gefährliche Situationen sorgen konnte.

Daher musste sie jedes Mal Interessierte auf einen anderen Tag vertrösten und ihnen dringend ans Herz legen, vorab zu reservieren. Immer wieder betraf es allerdings Touristen, die am Folgetag abreisten. Für diejenigen musste eine Wattwanderung zumindest in diesem Urlaub ausfallen.

Exakt fünfundvierzig Minuten später machte sich Fenja mit ihrer 25-köpfigen Gruppe auf den Weg zum Strand. Sie kamen am Piratenspielplatz vorbei, auf dem sich einige Kinder tummelten und für einen hohen Lärmpegel sorgten.

Kurz darauf standen sie auf dem Sandwatt, und die Gruppe scharte sich um Fenja. Mit einem freundlichen Lächeln begrüßte sie die Teilnehmer und bot ihnen wie gewohnt das Du an, worin alle einwilligten.

»Heute haben wir das Glück, in strahlendem Sonnenschein wattwandern zu dürfen. Ich hoffe, ihr habt alle an ausreichend Sonnenschutz gedacht, da die Einstrahlung durch Reflexionen auf dem Boden verstärkt wird. Dies verursacht auch dieses zauberhafte Glitzern.«

»Ja, Mama hat mich ganz dick eingecremt«, sagte ein kleiner Junge und zeigte auf sein Gesicht, das noch Reste von Sonnencreme aufwies. »Und du hast recht, es glitzert toll.«

»Das hat deine Mama hervorragend gemacht.« Fenja lächelte ihm zu und zeigte ihm einen Daumen hoch.

Gerade als sie zum Weitersprechen ansetzte, sah sie Olafsson mit seiner Gruppe herankommen. Es mussten über dreißig Personen sein. Wie es aussah, legte er keinen besonderen Wert auf Sicherheit. Fenja hoffte nur, dass er sich zumindest im Watt auskannte und niemanden durch Unwissenheit in Gefahr brachte.

Demonstrativ versammelte er seine Gruppe so nahe an Fenjas, dass sie sich beinahe vermischten. Er begann, in extralautem Ton zu sprechen, woraufhin ihr endgültig klar wurde, dass er mit Absicht so unkollegial handelte.

Sie verzog das Gesicht, sagte jedoch nichts dazu. Von ihm würde sie sich sicher nicht aus dem Konzept bringen lassen. Damit ihre Gruppe ihren Ausführungen folgen konnte, würde sie eben auch etwas lauter reden.

»Bei einer Wattwanderung gehen wir immer vor Niedrigwasser los«, erklärte sie, »da im Moment des Niedrigwassers die Flut beginnt, aufzulaufen. Die Priele füllen sich wieder auf, und der Weg zum Festland wird abgeschnitten.«

»Kommt es daher manchmal dazu, dass Menschen vom Wasser eingekreist werden?«, fragte ein großer, rothaariger Mann, der ein kleines, ebenso rothaariges Mädchen an der Hand hielt.

»Genau. Daher ist es nicht ratsam, auf eigene Faust das Watt zu erkunden, wenn man sich nicht auskennt.«

»Dann ist es ja gut, dass wir dich haben«, stellte das kleine Mädchen mit Nachdruck fest.

Alle lachten.

»Ihr werdet feststellen, dass wir drei verschiedene Arten von Watt haben. Hier stehen wir auf Sandwatt, das rippelig aussieht und leicht begehbar ist. Im Mischwatt sinken wir wenige Zentimeter ein und im Schlick oft bis über die Waden. Und jetzt geht es auch schon los.« Fenja winkte ihrer Gruppe, ihr zu folgen.

Alle setzten sich in Bewegung, wie sie durch einen Blick über die Schulter feststellte. Und zwar wirklich alle, da auch Olafsson zum Aufbruch geblasen hatte. Es sah ganz danach aus, als wollte er ihr folgen. Vermutlich rein, um sie zu ärgern. Aber da hatte er sich geschnitten.

Es wurde jedoch gar nicht so einfach, den Wattführer zu

ignorieren. Hartnäckig blieb er in ihrer Nähe und machte jedes Mal halt, wenn sie es auch tat. Wenn sie etwas erklärte, fing er ebenfalls an zu sprechen. Und dies in einer Lautstärke, die jeden Wattbewohner aufscheuchen musste. Wenn es so weiterging, musste sie ihm tüchtig die Meinung geigen.

Dazu kam es nicht, da ihr der rothaarige Familienvater diese Aufgabe abnahm. Er wandte sich direkt an Olafsson. »Müssen Sie eigentlich so laut sprechen?«, fragte er und unterbrach ihn mitten im Satz. »Es ist ja schön, dass Sie es für so wichtig halten, was Sie zu sagen haben. Allerdings würden wir gerne Fenjas Ausführungen lauschen, wenn es Ihnen nichts ausmacht.«

»Ganz genau«, stimmte eine Frau zu, die Fenja als die Mutter des kleinen Jungen mit den Sonnencremeresten im Gesicht identifizierte. »Außerdem fühle ich mich von Ihnen verfolgt. Können Sie nicht etwas Abstand halten?«

»Konzentrieren Sie sich lieber auf Ihre eigene Tour«, ließ sich ein älterer Mann vernehmen, der demonstrativ ein paar Schritte näher an Fenja herantrat.

Zustimmendes Gemurmel ertönte von ihrer Gruppe. Auch Teilnehmer der anderen schienen wenig begeistert, unfreiwillig in einen Konkurrenzkampf geraten zu sein, wie Fenja an ein paar leicht genervt wirkenden Gesichtsausdrücken erkannte.

»Ist ja schon gut.« Abwehrend hob Olafsson beide Hände. »Ich will Ihnen die Wanderung nicht vermiesen. Obwohl es sicher für Sie interessanter wäre, sich mir anzuschließen, anstatt mit dieser Person zu gehen.«

Er deutete auf Fenja, der in diesem Moment der Kragen platzte. Was bildete sich dieser Mistkerl eigentlich ein? Zu versuchen, ihr die Kunden wegzunehmen, grenzte nicht nur an versuchter Geschäftsschädigung. Nein, es war genau das.

Wutentbrannt wollte sie auf Olafsson zustürmen, doch der ältere Herr, der sich gerade für sie eingesetzt hatte, hielt sie am Ärmel zurück.

»Lassen Sie es gut sein«, sagte er und lächelte sie an. »Sich über solche Menschen aufzuregen, bringt gar nichts. Glauben Sie mir, ich weiß, wovon ich spreche.«

»Gehen wir einfach weiter.« Auch der rothaarige Familienvater schenkte ihr ein Lächeln. »Wir sind viel lieber bei Ihnen als bei diesem Lackaffen dort drüben.«

Als auf seine Worte hin ihre gesamte Gruppe anfing, kräftig zu applaudieren, traten Fenja fast Tränen der Rührung in die Augen. Ihre Wut verflog so schnell, wie sie gekommen war, und sie kehrte zu ihrer gewohnten Souveränität zurück.

Der Rest der Wanderung verlief ohne weitere Zwischenfälle. Olafsson hielt Abstand und wählte nach einigen Metern sogar eine andere Route. Fenja hoffte nur, dass dies dauerhaft so blieb. Nicht auszudenken, wenn er das jetzt bei jeder Tour abzog.

Sollte er sie nicht in Ruhe lassen, blieb ihr nichts anderes übrig, als sich zur Wehr zu setzen. Das war es wohl endgültig gewesen mit Fairness unter Kollegen. Dabei war ihr nichts mehr zuwider als Streit. Um ihn zu vermeiden, tat sie manchmal mehr, als gut für sie war.

Wenn sie allein daran dachte, wie sie ohne große Widerrede akzeptiert hatte, dass Axel sie quasi von heute auf morgen aus der Wohnung geworfen hatte … Eine Szene hätte sie ihm machen und rein aus Trotz noch ein paar Wochen bei ihm bleiben müssen. Nein, stattdessen hatte sie sich wie einen räudigen Hund behandeln lassen.

Fenja seufzte. In dieser Hinsicht war sie schlicht zu zart besaitet. Dazu kam, dass ihr ihre Harmoniebedürftigkeit wieder einmal im Weg stand. Sie hatte keine Ahnung, woher das rührte. Ihre Mutter hatte sie jedenfalls dazu erzogen, immer ihre Frau zu stehen.

Wenn sich ihre Mitmenschen respektvoll ihr gegenüber verhielten, war das auch kein Problem. Dann war sie in der Lage zu einer handfesten Diskussion, bei der sie ihre Meinung vertrat. Die Schwierigkeiten fingen an, wenn sich jemand ihr gegenüber unfair oder schlimmer verhielt. Obwohl sie es hasste und auch entsprechend wütend wurde, schaffte sie es nicht, souverän damit umzugehen. Das musste sie dringend ändern.

Trotz ihres Vorsatzes graute es Fenja bei der Vorstellung, fast jeden Tag an Olafssons Verkaufshäuschen vorbeizumüssen und dabei genau zu wissen, dass er sie weder respektierte noch akzeptierte.

Plötzlich wünschte sie sich, Arndt wäre hier. Er würde ihr zur Seite stehen. Im Gegensatz zu ihr hätte er sicher keine Hemmungen, Olafsson in ruhigem Ton eine klare Ansage zu machen.

Auf Mareike konnte sie in dieser Hinsicht nicht zählen. Sie war viel zu temperamentvoll, und Fenja traute ihr durchaus zu, dass sie auf den Wattführer losging, wenn er ihr dumm kam. Nein, Mareike musste sie von ihm fernhalten.

Es war ohnehin falsch, sich bei diesem Konflikt auf andere zu verlassen. Da musste sie selbst durch. Wenn es nicht anders ging, mit deutlichen Worten. Das würde sie schon irgendwie schaffen. Fest stand jedenfalls, dass sie sich von diesem Idioten sicher nicht ihren Traumjob vermiesen lassen würde.

***

Ein paar Tage später setzte sich Fenja wieder einmal an ihren Computer, um Anfragen zu bearbeiten, die per E-Mail und WhatsApp hereingekommen waren. Da sie mit einer Tastatur schneller tippen konnte, als auf ihrem Smartphone mit zwei Fingern herumzusuchen, bevorzugte sie diese Art der Fragenbeantwortung bei Weitem.

Bent Olafsson hatte sie seit dem Vorfall am ersten Tag tatsächlich in Ruhe gelassen. Zumindest hatte er nicht mehr versucht, ihre Wattführungen zu boykottieren. Allerdings ließ er es sich nicht nehmen, sie jedes Mal finster anzustarren, wenn er sie sah. Auch schien er Gefallen daran zu finden, etwas Unverständliches in ihre Richtung zu murmeln. Längst hatte sie aufgehört, ihn zu grüßen. Bei seinem Verhalten war das die Worte nicht wert.

Nachdem Fenja alles erledigt hatte, beschloss sie, wieder mal nach Rezensionen zu schauen, die *Wattvergnügen* erhielt. Abgesehen von zwei Ausnahmen waren bisher alle positiv, was sie mit Stolz erfüllte, zeigte es doch, dass sie ihre Arbeit gut machte.

Fenja öffnete ihre Seite bei Google und klickte auf »Rezensionen«. Was sie sah, ließ sie erschrocken aufkeuchen. Ihr bisheriger, hervorragender Schnitt von 4,6 war innerhalb der letzten Tage auf 3,9 gefallen.

Das war zwar immer noch nicht schlecht, aber es bedeutete, dass einigen Teilnehmern in jüngster Zeit ihre

Wattführung nicht gefallen hatte. Woran konnte das nur liegen?

Mit einem mulmigen Gefühl wählte sie »Sortieren nach Niedrigste«. Als die Seite geladen hatte, sah Fenja diverse Ein-Sterne-Rezensionen. Jede einzelne Bewertung enthielt nur einen kurzen Text wie etwa »schlechte Wattführung« oder »lohnt das Geld nicht«. Am schlimmsten fand Fenja eine, in der stand, dass sie inkompetent sei und nicht zu unterhalten wisse.

Sie war den Tränen nahe. Mit zitternden Fingern klickte sie auf »Sortieren nach Neueste«, woraufhin sie erkannte, dass alle Ein-Sterne-Rezensionen innerhalb der letzten Woche verfasst worden waren.

Dazwischen befanden sich mehrere Vier- und Fünf-Sterne-Rezensionen, die alle einen längeren Text enthielten. Die Rezensenten lobten mit der gewohnten Begeisterung Fenjas Führung und ihr Fachwissen, das sie für Laien verständlich zu erklären wusste. Auch die Kinder seien laut der Eltern begeistert gewesen.

Irgendetwas stimmte hier nicht! Ganz und gar nicht. Woher kamen plötzlich die ganzen schlechten Rezensionen? In Fenja keimte ein schrecklicher Verdacht. Konnte es sein, dass dieser Olafsson dahintersteckte? Doch wie sollte das möglich sein? So viele Google-Accounts konnte er gar nicht haben.

Oder hatte er etwa Freunde und Bekannte dazu überredet, eine Ein-Sterne-Rezension abzugeben? Auch das hielt Fenja für unmöglich, da es über fünfzig waren. Außerdem glaubte sie nicht, dass sich so viele Menschen dazu hergeben würden.

Vielleicht wusste Mareike Rat. Sie kannte sich mit solchen Dingen viel besser aus als sie selbst. Fenja zwang sich zur Ruhe und rief ihre beste Freundin an, aber sie konnte nicht verhindern, dass ihre Stimme tränenerstickt klang, als sie Mareike von den negativen Rezensionen erzählte.

»Das war sicher dieser Mistkerl! Na warte, der kann was erleben!«, rief ihre Freundin, als sie geendet hatte. »Kannst du ans Meer kommen? Ich habe heute frei und mir einen Strandkorb gemietet.«

»Okay.« Fenja beendete das Gespräch und machte sich auf in Richtung Strand.

Als sie bei Mareikes Strandkorb ankam, sprang diese auf und nahm sie liebevoll in den Arm. Nun war es mit Fenjas Selbstbeherrschung vorbei, und ihre Augen füllten sich mit Tränen. Mit sanftem Druck brachte Mareike sie dazu, sich neben sie zu setzen.

An die Schulter ihrer Freundin gelehnt, blinzelte Fenja mühsam die Tränen zurück. »Ich kann es gar nicht glauben«, flüsterte sie. »Was habe ich diesem Olafsson denn getan?«

Mareike streichelte ihr sanft über den Kopf. »Gar nichts hast du getan. Der Typ ist einfach nur ein schlechter Mensch, wie es aussieht. Dagegen kannst du nichts machen, außer dich gegen ihn zu wehren.«

»Aber ich hasse so was.« Fenja fuhr sich mit einer Hand über die Augen. »Außerdem ist ja gar nicht sicher, dass er es war.«

»Natürlich war er es«, entgegnete Mareike mit fester Stimme. »Es kann gar nicht anders sein. Warum sonst tauchen ausgerechnet jetzt diese schlechten Rezensionen auf?«

»Aber was hat er davon?«

»Er will dir schaden, das ist klar. Vermutlich beabsichtigt er sogar, dich aus dem Geschäft zu drängen, damit er quasi die Alleinherrschaft in Tossens übernehmen kann.«

Nach einem tiefen Seufzen richtete sich Fenja auf und blickte Mareike an. »Wie soll er das denn angestellt haben?«

»Hast du noch nie davon gehört, dass man Rezensionen auch kaufen kann?« Nach einem letzten Streichen über Fenjas Kopf lehnte sich Mareike zurück und verschränkte die ausgestreckten Beine. »Solchen Leuten ist es völlig egal, ob sie damit jemanden absichtlich schlechtmachen. Wenn sie ihr Geld bekommen, ist alles prima.«

Fassungslos schüttelte Fenja den Kopf angesichts der

Tatsache, dass es Menschen gab, die bereit waren, jegliche Moral ihren finanziellen Interessen zu opfern. »Und was kann man dagegen unternehmen?«

»Du musst den Kerl anzeigen, das ist ganz klar. Eine andere Möglichkeit gibt es nicht.«

Fenja seufzte abermals. »Das bringt nichts. Ich habe ja gar keine Beweise. Außerdem ist dann jegliche Chance vertan, sich irgendwie mit ihm zu einigen.«

»Glaub mir, mit Typen wie dem kannst du dich nicht einigen. Der denkt nur an sich und seinen Vorteil. Andere Menschen sind dem doch so was von egal. Selbst wenn du mit Engelszungen auf ihn einredest.«

Während sie über Mareikes Worte nachdachte, starrte Fenja aufs Meer. Dass die Sonne sich im Wasser spiegelte und es zum Funkeln brachte, bemerkte sie kaum. Auch das Kreischen der Möwen und das Stimmengewirr um sie herum bekam sie nur am Rande mit.

Sollte sie tatsächlich über ihren Schatten springen und ihrem Widersacher Paroli bieten? Was sollte das bringen außer noch mehr Feindseligkeit und Ärger? Eine Anzeige war jedenfalls sinnlos, da sie nichts gegen ihn in der Hand hatte.

Die Polizei würde sicher nicht auf gut Glück wegen ein paar schlechter Rezensionen gegen ihn ermitteln. Mehr Hinweise auf versuchten Rufmord hatte sie nicht, abgesehen von dem Vorfall an seinem ersten Arbeitstag. Dafür hatte sie nicht einmal Zeugen. Wobei … Die E-Mail-Kontakte der Reservierungen befanden sich noch auf dem Server, und Telefonnummern hatte sie ebenfalls jede Menge. Wenn alles nichts half, bestand die Möglichkeit, ehemalige Teilnehmer zu kontaktieren. Das würde sicher hilfreich sein.

»Es ist eindeutig an der Zeit, dass du lernst, dich zu wehren«, unterbrach Mareike sie in ihren Überlegungen und schlug ihr kräftig auf die Schulter. »Gleich morgen früh gehen wir zu ihm und stellen ihn zur Rede.«

Immer noch zweifelnd blickte Fenja sie an. »Meinst du wirklich, dass das eine gute Idee ist? Eigentlich wollte ich dich da raushalten.«

»Und ob ich das meine. Wir kennen dich alle beide nur zu gut. Du würdest versuchen, auf nette, objektive Weise mit ihm zu sprechen. Das hast du ja wohl schon versucht, und es hat nichts gebracht. Nein, dabei brauchst du Unterstützung.« Mareike zeigte mit einem Daumen auf sich. »Und zwar von deiner besten Freundin.«

Fenja atmete tief durch. »Okay. Du hast recht. Aber hau ihm bitte keine runter.«

»Das kann ich nicht garantieren.«

»Ich habe es befürchtet.«

***

Tags darauf machten sich die Freundinnen auf den Weg zu Bent Olafssons Verkaufshäuschen. Da Fenja während der Hauptsaison unmöglich durcharbeiten konnte, ohne zusammenzubrechen, nahm sie sich ein bis zwei Tage in der Woche frei. Heute war einer davon. Auch Mareike musste nicht zur Arbeit, weswegen sie alle Zeit der Welt hatten, um dem Wattführer ins Gewissen zu reden. Sofern er überhaupt ein Gewissen besaß.

»Was wollen *Sie* denn hier?«, fragte er unfreundlich, als er sah, wer vor ihm stand. »Habe ich Ihnen nicht schon letztes Mal deutlich gemacht, dass Sie hier nichts zu suchen haben?«

»Wir müssen reden«, antwortete Fenja, wobei sie sich um einen neutralen Ton bemühte.

»Aha. Und das schaffen Sie nicht alleine, sondern brauchen Unterstützung von diesem Winzling?« Jetzt klang er regelrecht verächtlich.

Mareike richtete sich zu ihrer vollen Größe von 1,54 m auf und funkelte ihn an. »Ihre Worte zeigen eindeutig, dass es ratsam ist, zu einem *Gespräch* mit Ihnen einen Zeugen mitzunehmen. Sie schaffen ja kaum einen Satz, ohne Ihr Gegenüber zu beleidigen.«

»Lass gut sein.« In der Hoffnung, es würde Mareike beruhigen, legte Fenja ihr eine Hand auf die Schulter. »Ich will Sie auch gar nicht lange aufhalten«, sagte sie an Olafsson gewandt, »sondern Sie lediglich darum ersuchen, keine schlechten Rezensionen mehr auf meiner Google-Seite zu posten. Oder posten zu lassen. Ihnen muss doch klar sein, dass Sie damit mein Geschäft schädigen.«

»Spinnen Sie?« Der Wattführer zeigte ihr den Vogel. »Wie kommen Sie darauf, mir so etwas zu unterstellen? Was kann ich denn dafür, wenn Sie beschissene Wattwanderungen durchführen?« Er lachte dreckig. »Eine Kostprobe habe ich vor kurzer Zeit ja bereits bekommen.«

»Es reicht!« Mareike richtete einen bebenden Zeigefinger auf ihn. »Entweder Sie hören auf, Fenja zu verunglimpfen, oder Sie haben eine saftige Anzeige am Hals! So etwas lassen wir uns nicht gefallen.«

»Mit welcher Begründung?«, fragte Olafsson und schnaubte verächtlich. »Passen Sie lieber auf, dass ich Sie beide nicht wegen Verleumdung anzeige! Und jetzt raus hier! Aber ganz plötzlich!«

Ein letztes Mal wollte Fenja noch versuchen, die Sache irgendwie zu regeln. »Es macht keinen Sinn, wenn wir uns gegenseitig bekriegen. So engstirnig können Sie gar nicht sein. Lassen Sie uns vernünftig miteinander reden.«

»Was gibt es da zu reden? Sie sind eine unfähige Wattführerin und bekommen das nun zu spüren. Anstatt sich einen Job zu suchen, der Ihren intellektuellen Fähigkeiten besser entspricht, tauchen Sie hier auf und verbreiten haltlose Anschuldigungen.«

»Jetzt reicht's!« Mareike machte Anstalten, am Verkaufstresen hochzuspringen, vermutlich um Olafsson eine zu scheuern, doch Fenja konnte sie in letzter Sekunde am Ärmel packen und zurückziehen.

»Lass das«, zischte sie ihr zu. »Sonst landen womöglich noch wir auf der Polizeistation.«

Die inzwischen im Gesicht knallrot angelaufene Mareike atmete hörbar aus. »Okay, wir verschwinden. In dieser Sache ist das letzte Wort noch nicht gesprochen, Sie … Sie …«

Wortlos deutete der Wattführer auf die Tür. Ein feistes Grinsen überzog sein Gesicht, das beinahe bewirkte, dass nun Fenja auf ihn losging. Aber nur beinahe.

Kapitel 6

In den nächsten Tagen häuften sich die negativen Rezensionen, was Fenja fast in Verzweiflung trieb. Sie wusste nicht, was sie dagegen tun sollte.

Mit Olafsson war eindeutig nicht zu reden. Vielleicht sollte sie doch zur Polizei gehen? Mareike riet ihr nachdrücklich dazu, aber Fenja konnte sich nicht dazu überwinden.

Wenn sie das täte, herrschte Krieg auf ganzer Linie, dessen war sie sich sicher. Außerdem hielt sie an ihrer Überzeugung fest, dass die Polizei ohnehin nichts unternehmen konnte. Es sah ganz danach aus, dass Aushalten und das Melden der schlechten Rezensionen die einzigen Optionen waren.

Wenigstens trudelten weiterhin sehr positive Rückmeldungen ein, die das Ganze etwas ausglichen. Auch konnte Fenja bisher keinen Einbruch im Geschäft feststellen. Nach wie vor strömten die Urlauber zu ihr, um an einer Wattwanderung teilzunehmen.

Sie hoffte inständig, dass Google zumindest ein paar der ungerechtfertigten Rezensionen löschte, doch bisher war noch nichts passiert. Vermutlich würde es einige Tage dauern, bis alles geprüft worden war.

Immerhin gab es zwei Dinge, auf die sie sich freute: Arndt würde heute zurückkommen, und in ihrem Häuschen ging es gut voran. Für das Badezimmer hatte sie Handwerker bestellt, da sie und Mareike sich die Renovierung nicht zutrauten. Mitarbeiter eines Möbelhauses hatten die Küche geliefert und aufgebaut.

Wenn es weiter so gut lief, konnte sie in zwei Wochen einziehen. Trotz ihrer Vorfreude fühlte es sich ein bisschen komisch an, bald allein zu wohnen. Vor Axel hatte sie damit zwar Erfahrungen gesammelt, doch das war bereits zweieinhalb Jahre her. Bestimmt würde sie sich schnell wieder daran gewöhnen, vor allem, da sie dann in ihrem Traumhaus lebte.

Da Fenja sich mit Arndt zu einem Spaziergang verabredet hatte, schlüpfte sie in ein weißes luftiges Sommerkleid mit Spitzenbesatz. Bequeme rote Slipper, die genau die Farbe ihrer Haare hatten, vervollständigten ihr Outfit.

»Gut schaust du aus«, sagte Arndt. Bevor er sie zur Begrüßung in eine leichte Umarmung zog, bedachte er sie mit einem bewundernden Blick.

»Danke«, erwiderte Fenja etwas verlegen angesichts seiner so offen zur Schau gestellten Begeisterung.

Die beiden wollten gerade die Pension verlassen, als

Astrid hereinstürmte. Sie wirkte aufgelöst. Fahrig strich sie sich mit den Händen über die zerzausten Haare. Ihr Rock saß schief, was sie jedoch nicht zu bemerken schien.

»Was ist los?«, fragte Fenja erschrocken, als sie ihre Mutter in diesem Zustand sah.

»Max und Moritz sind verschwunden!« Astrids Stimme klang höher als sonst und zitterte ein wenig. »Ich kann sie einfach nicht finden.«

»Mama, jetzt beruhig dich erst mal. Irgendwo müssen sie ja sein. Hast du überall nachgeschaut?«

»Ja. Sogar bei den Gästen habe ich angeklopft und jeden gefragt, den ich getroffen habe. Keiner hat sie gesehen.« Astrid rang die Hände. »Diesmal sind sie wirklich verschwunden. Bestimmt irren sie im Dorf herum und finden den Weg nicht mehr zurück. Womöglich werden sie überfahren! Und ich kann hier nicht weg, weil gleich noch Gäste kommen.«

»Machen Sie sich keine Sorgen«, sagte Arndt mit beruhigender Stimme. »Fenja und ich werden die beiden finden und wohlbehalten zurückbringen.«

»Genau.« Fenja nickte zustimmend. »Irgendwo müssen die zwei ja sein.«

Sie wunderte sich, wie ruhig sie klang, denn ihr war der Schreck in die Glieder gefahren. Noch nie hatten sich Max und Moritz vom Grundstück entfernt. Irgendetwas musste passiert sein. Vielleicht hatten sich die Tiere vor etwas erschrocken und waren in Panik davongaloppiert.

Schreckliche Bilder von ihren schwer verletzten Lieblingen stiegen in ihr auf. Vielleicht hatte ihre Mutter recht und die beiden waren angefahren worden. Womöglich lagen sie ungesehen in einem Straßengraben und kämpften um ihr Leben. Oder sie waren ins Meer gelaufen, wo sie schlimmstenfalls ertranken.

Fenja zwang sich dazu, mehrmals tief durchzuatmen. Jetzt war es von immenser Bedeutung, dass sie ruhig blieb und sich nicht ihren Ängsten hingab. Dies brachte Max und Moritz auf keinen Fall zurück. Nun musste sie strategisch vorgehen, um ihre Lieblinge schnellstmöglich zu finden.

»Wo könnten sie hingelaufen sein?«, fragte sie daher, wobei sie nicht verhindern konnte, dass ihre Stimme nun doch zitterte.

»Ich fürchte, das lässt sich nicht sagen«, antwortete Arndt, der zu ihr trat und einen Arm um ihre Schultern legte. »Uns bleibt nichts anderes übrig, als die Straßen abzusuchen und jeden, den wir treffen, nach Max und Moritz zu fragen.«

»Dann lass uns gehen. Wir dürfen keine Zeit verlieren.« Fenja löste sich von Arndt und zog ihre Mutter in eine kurze Umarmung. »Wir werden sie finden.«

»Bringt sie in einem Stück zurück«, flüsterte Astrid und drückte Fenja an sich.

Ohne sich von Astrid zu verabschieden, eilten Fenja und Arndt hinaus. In der jetzigen Situation blieb keine Zeit für Höflichkeiten. Vorsichtshalber schauten sie noch einmal im Stall nach, da die Möglichkeit bestand, dass die beiden inzwischen wohlbehalten zurückgekehrt waren.

Doch auf der Wiese, im Unterstand und Stall herrschte gähnende Leere. Das Gatter stand weit offen. Fenja fragte sich, ob es nicht besser war, die Tiere sicher wegzusperren. Wenn sie jetzt schon in Burhave auf Erkundungstour gingen, brachten sie sich unnötig in Gefahr. Wobei Fenja inständig hoffte, dass es wirklich nur ein tierischer Ausflug war.

Arndt und sie liefen durch die Straßen. Immer wieder riefen sie die Namen des Minischweins und des Esels, jedoch kam keine Reaktion.

Mit zunehmender Verzweiflung wandte sich Fenja an einen Passanten. »Haben Sie Max und Moritz gesehen?«, fragte sie einen feisten Mann mit Halbglatze.

Verständnislos blickte er sie an. »Wer soll das sein?«, fragte er zurück.

Wenn sie nicht so in Panik gewesen wäre, hätte sie gelacht. Natürlich konnte der Mann nicht wissen, wen sie suchten.

»Ein Minischwein und ein Esel«, sagte Arndt, woraufhin der Mann ihn nun ungläubig ansah.

»Es gastiert gar kein Zirkus hier.«

»Sie sind nicht aus einem Zirkus entlaufen«, erklärte Fenja. Bereits während sie es sagte, erkannte sie, dass der Mann die beiden nicht gesehen hatte. Ansonsten hätte er anders reagiert.

In ihrer Aufregung vergaß sie ganz, dem Mann trotzdem zu danken, sondern ließ ihn einfach stehen und lief weiter. Sie achtete nicht einmal darauf, ob Arndt ihr folgte.

Über zwei Stunden vergingen, in denen sie keine Spur von den Tieren fanden. Keiner hatte sie gesehen. Die Passanten zu fragen, fraß auch zu viel Zeit, da sie jedes Mal Erklärungen abliefern mussten, bis die Leute verstanden, was sie von ihnen wollten.

Daher beschränkten sich Arndt und Fenja darauf, durch die Straßen zu eilen. Angestrengt blickte Fenja nach links und rechts, doch sie konnte die Tiere nicht entdecken. Inzwischen war sie völlig nassgeschwitzt, und ihre Stirn glänzte vor Schweiß.

Die Mittagssonne knallte mit voller Wucht auf ihren unbedeckten Kopf. Ihr Mund fühlte sich ausgetrocknet an. Irgendwann wurde ihr schwindelig, was sie dazu zwang, stehen zu bleiben.

Mit einer Hand befühlte Fenja ihre heiße Stirn. »Ich

kann nicht mehr«, sagte sie. »Wenn ich nicht bald Pause mache und etwas trinke, kippe ich noch um.«

Arndt musterte sie besorgt. »Du bist ganz rot im Gesicht. Hoffentlich hast du keinen Hitzschlag.« Er deutete auf eine Bank, die im Schatten eines Baumes stand. »Setz dich erst mal da hin. Ich besorge dir etwas zu trinken.«

»Okay.«

Als Fenja weitergehen wollte, begann sie, zu schwanken. Rasch trat Arndt zu ihr, um sie zu stützen. Behutsam führte er sie zu der Sitzgelegenheit und half ihr dabei, Platz zu nehmen.

Da sie sich so elend fühlte, stützte Fenja mit gesenktem Kopf ihre Unterarme auf den Oberschenkeln ab, wodurch es ihr etwas besser ging. Sie zwang sich dazu, tief durchzuatmen, was ebenfalls half.

»Geht es?«

Fenja nickte nur.

»Gut. Ruh dich ein bisschen aus, ich bin gleich zurück.«

Matt hob Fenja den Kopf und sah, wie Arndt sich in schnellem Laufschritt entfernte. Sie ließ den Kopf wieder sinken. *Hoffentlich übernimmt sich jetzt nicht auch noch Arndt,* dachte sie.

Wenn sie beide außer Gefecht gesetzt waren, verzögerte das die Suche nur unnötig. Außerdem wollte sie nicht, dass

Arndt etwas zustieß. Fenja rechnete ihm hoch an, dass er sich, ohne zu zögern, an der Suche beteiligt hatte.

Mit einem Stöhnen richtete sie sich auf und lehnte sich gegen die Bank. Sie verfluchte sich selbst, dass sie so dumm gewesen war, das heiße Wetter nicht zu bedenken. Selbst in ihrer Aufregung hätte sie es besser wissen, die Gefahren der Mittagshitze richtig einschätzen müssen.

Dass Arndt es ebenfalls nicht getan hatte, zeigte auch seine Sorge um die Tiere. Niemals hätten sie derart überstürzt lospreschen dürfen, sondern bedachter vorgehen müssen. Nun war es zu spät und nicht mehr zu ändern.

Wenn Fenja etwas getrunken hatte, würde es ihr sicher besser gehen, und sie konnten die Suche fortsetzen. Für einen Moment schloss sie die Augen, öffnete sie jedoch schnell wieder, als wie vorhin in der Pension schreckliche Bilder in ihr aufstiegen.

Daher sah sie, wie Arndt auf sie zueilte. In einer Hand trug er eine große Flasche Wasser. Besorgt bemerkte Fenja, dass er hochrot im Gesicht war. Sicher setzte ihm die Sonne inzwischen ebenfalls zu.

»Hier.« Arndt hielt ihr die Wasserflasche hin, bevor er sich neben sie auf die Bank fallen ließ.

»Trink du erst mal.«

Auf ihre Worte hin warf Arndt ihr einen dankbaren Blick

zu. Geschickt öffnete er die Flasche und nahm ein paar große Schlucke. Dann reichte er sie an Fenja weiter, die ebenfalls gierig trank.

»Ich glaube, es macht mehr Sinn, wenn wir uns den Lieferwagen deiner Mutter ausleihen«, sagte Arndt. »Vorhin war ich irgendwie total kopflos und habe gar nicht daran gedacht.«

»So ging es mir auch.« Fenja verzog das Gesicht. »Die Idee mit dem Lieferwagen finde ich gut. Aber ich würde gern zuerst noch am Strand nachsehen. Vielleicht sind die beiden dort gelandet.«

»Okay. Bist du fit genug, um weiterzugehen?«

»Ja.«

Mit frischer Kraft stand Fenja auf. Das Wasser hatte gutgetan, und ihr Kopf fühlte sich nicht mehr so heiß an. Doch sie ermahnte sich, ab sofort in weniger schnellem Tempo vorzugehen. Ansonsten geriet sie bald wieder in so eine Situation.

Wenn sie Max und Moritz am Strand nicht fanden, mussten sie zur Pension zurück, um den Lieferwagen zu holen. Dort würde Fenja sich auf jeden Fall den Sonnenhut aufsetzen, der in der Rezeption lag, wo sie ihn in der Eile vergessen hatte. Zudem würde sie daran denken, ein paar Flaschen Wasser mitzunehmen, damit sie und Arndt nicht erneut dehydrierten.

Die beiden machten sich auf den Weg zum Strand. Als sie in die Straße einbogen, die zum Deich führte, passierten sie eine Menge Touristen. Da sie nicht wie die Urlauber gemächlich schlenderten, mussten sie sich immer wieder an ihnen vorbeischlängeln.

Am liebsten hätte Fenja sie zur Eile angetrieben, doch sie ließ davon ab. Die Touristen konnten schließlich nichts dafür. Wenn sie im Urlaub war, ging sie auch nicht schneller, sondern genoss die Entschleunigung.

Fenja und Arndt stiegen die Stufen zum Deich hinauf. Trotz ihrer Angst um die Tiere freute sich Fenja wie immer, das Meer zu erblicken. Nachdem sie den Deich verlassen hatten, gingen sie an einem Restaurant vorbei.

Da das Gebäude nun nicht mehr die Sicht versperrte, sah Fenja, dass sich auf dem Rasenstrand neben dem Kinderspielplatz eine Menschentraube gebildet hatte. Jähe Hoffnung stieg in ihr auf.

Befanden sich dort etwa Max und Moritz? Sie versuchte, die beiden auszumachen, konnte sie jedoch nicht sehen. Hoffentlich waren sie nur durch die Leute verdeckt. Sie mussten einfach dort sein! Warum sonst hätte sich so eine Menschenansammlung gebildet?

Sie beschleunigte ihren Schritt und rannte fast darauf zu. Aus dem Augenwinkel sah sie, dass Arndt neben ihr hereilte. Kurz darauf hatten sie die Urlauber erreicht. Rücksichtslos drängte Fenja ein paar beiseite, was ihr halblaute Unmutsäußerungen eintrug, die sie ignorierte.

Als sie sich endlich durch die Menschen gezwängt hatte, setzte ihr Herz einen Schlag aus. Sie konnte kaum glauben, was sie sah.

Vor ihr befanden sich Max und Moritz, umringt von schier unzähligen Kindern. Die zufriedenen Mienen der beiden Ausreißer zeigten deutlich, wie gut ihnen die Situation gefiel.

Einige Kinder bedachten sie mit ausgiebigen Streicheleinheiten. Andere hielten Obst- und Gemüsestücke in den kleinen Händen, die wohl ursprünglich für sie zum Verzehr gedacht waren. Nun hatten sie eine andere Aufgabe: Max und Moritz als Futter zu dienen.

Die beiden kamen kaum hinterher, zu kauen und zu schlucken, so schnell wurden ihnen neue Leckereien angeboten. Den Hungertod würden sie heute sicher nicht erleiden.

Eine riesige Welle der Erleichterung schwappte über Fenja hinweg, als sie ihre Lieblinge wohlauf sah. Einen Augenblick lang presste sie sich die Hände vors Gesicht und drängte die aufsteigenden Tränen zurück.

»Da seid ihr ja!«, rief sie mit belegter Stimme. »Ich habe mir solche Sorgen gemacht.«

Max und Moritz blickten auf. In ihren Mienen war keinerlei Reue zu erkennen. Ganz im Gegenteil schienen sie höchst vergnügt über ihren neuesten Streich.

»Sind das deine?«, fragte ein etwa fünfjähriges Mädchen an Fenja gewandt.

»Sie gehören meiner Mutter«, erwiderte sie. »Die beiden leben normalerweise auf einer Wiese hinter ihrer Pension.«

»Und wie kommen sie dann hierher?«

Grinsend deutete Fenja auf Max. »Das musst du ihn fragen. Er ist nämlich der Ausbrecherkönig.«

»Wie bekommen wir die zwei jetzt eigentlich nach Hause?« Arndt bedachte die Ausreißer mit einem zweifelnden Blick.

»Wie meinst du das?«

»Hast du etwa Halfter und Führleine dabei?«

***

Da die Suche nach den Tieren Fenja einiges an Kraft abverlangt hatte, beschlossen sie und Arndt, auf den Spaziergang zu verzichten. Stattdessen fuhren sie auf Fahrrädern zu Fenjas Haus, um sich gemütlich in den Garten zu setzen.

Da die Handwerker heute nicht im Bad arbeiteten, herrschte vollkommene Ruhe im *Haus Meerestraum*. Im Garten standen bereits graue gemütliche Rattanmöbel.

Nachdem Fenja die schwarzen Sitzkissen aus der dazugehörigen Truhe geholt hatte, setzten sich die beiden auf jeweils einen Sessel.

»Schön, dass wir endlich dazu kommen, uns zu unterhalten«, sagte Arndt. »Bisher ist der Tag aufregender verlaufen, als mir lieb war.«

»Da sagst du was.« Fenja seufzte. »Ich bin nur froh, dass den beiden nichts passiert ist. Darüber wäre ich nicht hinweggekommen.«

»Denk nicht an so was. Es ist ja alles gut gegangen.« Arndt beugte sich über den grauen Tisch, der zwischen ihnen stand, und tätschelte kurz ihre Hand. »Und jetzt erzähl: Wie ist es dir in meiner Abwesenheit ergangen?«

Seine Frage ließ Fenja erneut seufzen. Sollte sie ihn in ihre Probleme mit Bent Olafsson einweihen? Sie entschied sich dafür. Vielleicht half es ihr ja, wenn sie sich alles von der Seele redete.

Daher berichtete sie Arndt von den jüngsten Ereignissen, wobei sie nichts ausließ. Während sie sprach, verfinsterte sich sein Gesicht immer mehr. Nur als sie von Mareikes Einsatz in Olafssons Verkaufshäuschen sprach, verzog er den Mund zu einem Grinsen, wurde jedoch sofort wieder ernst.

Als Fenja geendet hatte, schwieg er so lange, dass sie sich fragte, ob sie etwas Falsches gesagt hatte. Womöglich fand er das alles gar nicht so schlimm oder war der Meinung, dass sie maßlos übertrieb.

»Das Ganze ist eine Riesensauerei«, sagte Arndt endlich, woraufhin sie erleichtert aufatmete. »Wie du und Mareike bin ich davon überzeugt, dass dieser Kerl hinter den schlechten Rezensionen steckt. Dagegen musst du unbedingt etwas unternehmen.«

»Na ja, ich habe es Google gemeldet, aber noch keine Antwort erhalten.«

»Das reicht nicht. Diesem *Menschen* muss das Handwerk gelegt werden, und zwar schnell.« Mit nachdenklicher Miene tippte er seine Fingerspitzen gegeneinander. »Ich stimme Mareike zu: Du solltest das Ganze zur Anzeige bringen. Verleumderische Rezensionen sind eine Straftat. Dagegen wird die Polizei sicher etwas unternehmen.«

»Ach, ich weiß nicht. Das gibt nur noch mehr Ärger. Olafsson wird toben vor Wut, da bin ich mir sicher. Und was ist, wenn er sich dann etwas Neues ausdenkt?«

»In dem Fall gehst du eben wieder zur Polizei. So lange, bis er aufhört, deinen Ruf zu schädigen.« Arndt blickte sie eindringlich an. »Das darfst du dir nicht gefallen lassen. Sonst meint er noch, dass er alles mit dir machen kann.«

»Das ist mir so zuwider«, sagte Fenja und seufzte. Sie ermahnte sich, damit aufzuhören, bevor die Seufzerei womöglich zu einer Art Zwang wurde. »Weißt du, ich will nur in Frieden meiner Arbeit nachgehen. Dieser Stress verdirbt mir den ganzen Spaß.«

»Wenn du nichts unternimmst, wird es aber immer so weitergehen. Oder glaubst du, dass der Kerl einfach damit aufhört?«

»Nein.« Im letzten Moment schaffte es Fenja, einen erneuten Seufzer zu unterdrücken. »Mir graut nur vor dem ganzen Ärger.« Nun seufzte sie doch. »Warum muss ich so harmoniesüchtig sein?«

»Ich finde es auch am besten, wenn alles harmonisch zugeht. Leider ist das nicht immer möglich.«

»Ja, ich weiß.«

»Du musst diesen Typen wirklich anzeigen«, sagte Arndt in eindringlichem Ton. »Sonst meint er, dass er sich alles erlauben kann.«

Fenja straffte die Schultern. »Mareike und du, ihr habt recht. Ich muss diese Mistmade anzeigen. Ansonsten habe ich nie meine Ruhe.«

»Wenn du willst, gehe ich mit dir zur Polizei.« Arndt lächelte sie an. »Als moralische Unterstützung sozusagen.«

»Das ist lieb«, erwiderte Fenja und lächelte zurück. »Allerdings warte ich erst einmal ab, ob Google die schlechten Rezensionen löscht. Dann löst sich vielleicht auch ohne Anzeige alles in Wohlgefallen auf.«

»Abgesehen davon, dass du ständig die dazukommenden schlechten Bewertungen melden musst.«

»Meinst du nicht, dass Olafsson irgendwann die Nase voll hat, wenn er merkt, es bringt nichts?«

»Möglich.« Seinem Gesichtsausdruck nach zu schließen, glaubte Arndt wohl nicht daran.

»Wie geht es eigentlich deiner Mutter?«, fragte Fenja, weil sie dringend das Thema wechseln wollte und es sie auch wirklich interessierte.

Für heute hatte sie genug Aufregung gehabt, da musste sie jetzt nicht auch noch Probleme wälzen. Vielleicht ging ihr Plan mit Google ja auf, und sie sorgte sich völlig umsonst. Wenn Olafsson nicht aufhörte, konnte sie immer noch die Polizei einschalten.

»Sie macht gute Fortschritte.« Arndt blickte erleichtert drein. »Inzwischen kann sie ihren rechten Arm sogar etwas bewegen. Ihre Reha ist auch verlängert worden, weswegen ich zuversichtlich bin, dass sie wieder ganz die Alte wird.«

»Das freut mich sehr.«

Was Fenja ebenfalls freute, war, dass Arndt durch die Verlängerung der Reha noch länger in Burhave bleiben würde. Dies behielt sie allerdings für sich.

Kapitel 7

»Du hast heute frei, richtig?«, fragte Arndt, als sie tags darauf beim Frühstück saßen.

Fenja nickte mit vollem Mund. Schnell kaute sie ein paarmal und schluckte den Bissen Rührei hinunter. »Ja, warum?«

»Weil ich eine Überraschung für dich habe.«

»Prima«, erwiderte sie und grinste. »Ich liebe Überraschungen. Wenn es schöne sind natürlich. Auf schlechte kann ich gut verzichten.«

»Ich hoffe, meine wird dir gefallen.« Arndt unterzog sie einem prüfenden Blick. »Allerdings würde ich dir andere Kleidung empfehlen. Dein Sommerkleid könnte für unsere Unternehmung etwas ungeeignet sein.«

»Was empfiehlt der Herr stattdessen?«, fragte Fenja mit schief gelegtem Kopf.

»T-Shirt, Hose und feste Schuhe. Ach ja, eine leichte Jacke wäre auch nicht verkehrt.«

Nach dem Frühstück flog Fenja förmlich die Treppen zu ihrem Zimmer hinauf, um sich umzuziehen. Sie fühlte sich beschwingt wie schon lange nicht mehr. Es kam ihr so vor, als wäre es eine Ewigkeit her, dass ein Mann eine schöne Überraschung für sie parat hatte.

Wobei es in letzter Zeit nicht per se an Überraschungen gemangelt hatte. Zuerst die Rauswerfaktion von Axel – absolut verzichtbar, im Nachhinein betrachtet jedoch vielleicht gar nicht so schlecht, da sie ansonsten Arndt nie kennengelernt hätte. Dann der Überfall ihrer Freunde mit dem Effekt, dass sie sich jetzt stolze Hausbesitzerin nennen konnte. Was würde sie heute erwarten?

Wenig später stieg sie in Arndts silberfarbenen Kleinwagen, der mit einem Elektromotor ausgestattet war, wie sie anerkennend feststellte. Sie war gespannt darauf, wo die Fahrt hingehen würde.

Als Arndt auf den Parkplatz am Fährhafen Neßmersiel einbog, hätte sie am liebsten vor Freude in die Hände geklatscht. Wenn sie nicht alles täuschte, würden sie gleich eine Fähre zu einer der Nordseeinseln nehmen.

Fenja behielt recht.

Sie bestiegen eine dreistöckige weiße Fähre, die sie nach Baltrum bringen würde. Das Schiff hatte zwei Außendecks. Auf dem oberen, direkt hinter dem Führerhaus, nahmen Arndt und Fenja auf einer fest im Boden verankerten Bank Platz. Wenige Minuten später legte die Fähre ab. Während der etwa halbstündigen Fahrt lehnte sich Fenja entspannt zurück und ließ sich den Wind um die Nase wehen.

Sie legte den Kopf in den Nacken, um die über dem Schiff kreisenden Möwen zu beobachten. Es musste einfach herrlich sein, Flügel zu haben und dadurch der Schwerkraft mühelos zu entfliehen.

Als sie auf Baltrum anlegten, stieg Fenjas Vorfreude. Was mochte Arndt für den heutigen Tag geplant haben? Würden sie essen gehen oder einen Strandspaziergang machen? Obwohl sie ihn förmlich gelöchert hatte, wollte er ihr kein Sterbenswörtchen verraten. Daher musste sie sich wohl oder übel überraschen lassen.

Zumindest verzichtete er darauf, ihr die Augen zu verbinden. Stattdessen ging er ganz entspannt neben ihr her und beschränkte sich darauf, ihr Richtungsanweisungen zu geben.

Sobald sie den Anlegesteg hinter sich gelassen hatten, bogen sie nach rechts ab. Kurz darauf erreichten sie den kleinen Yachthafen, wo einige Segelyachten und -boote sanft im Wind schaukelten.

Nun ging Arndt voraus, einen Steg entlang. Nach wenigen Metern blieb er stehen und wandte sich zu Fenja. In seinen zweifarbigen Augen stand ein übermütiges Funkeln.

»Darf ich vorstellen?«, fragte er.

Er deutete auf ein Segelboot mit hellblauem Rumpf und weißen Segeln. Eine kleine Kajüte war ebenfalls vorhanden. Der Name *Stella* stand in weißer Schrift auf beiden Seiten des Boots.

Fragend blickte Fenja ihn an. »Ein schönes Boot«, sagte sie. »Aber warum zeigst du es mir?«

»Wir gehen segeln. Die *Stella* gehört einem Freund von mir, und ich darf sie mir heute ausleihen.«

Nach einem Jauchzen fiel ihm Fenja freudestrahlend um den Hals. Arndt drückte sie etwas fester an sich, als die Schicklichkeit gebot. Für Fenja fühlte sich die Umarmung nicht mehr rein freundschaftlich an. Ganz im Gegenteil regten sich plötzlich Schmetterlinge in ihrem Bauch und machten sich bereit, loszufliegen.

Schnell löste sie sich von Arndt und lächelte ihn leicht verlegen an. »Das ist großartig«, sagte sie.

»Ja«, erwiderte Arndt. »Und was dir besonders gut gefallen wird: Das Boot ist mit einem Elektroantrieb ausgestattet. Strom liefern Solarpanele, Wind beim Segeln oder ein Generator.«

»Das ist großartig«, wiederholte Fenja.

Mit einem Satz sprang Arndt in das Boot. Er drehte sich zu Fenja und nickte ihr zu.

»Darf ich bitten?« In auffordernder Geste streckte er eine Hand aus.

Fenja ergriff sie und ließ sich von ihm ins Boot helfen. Dort setzte sie sich auf eine kleine Bank. Vorfreude stieg in ihr auf. Es war Jahre her, seitdem sie das letzte Mal segeln war.

Geschickt löste Arndt die Leinen und ließ den Motor an. Er steuerte das Boot aus dem kleinen Yachthafen, der hohen See entgegen.

Kurz darauf drehte Arndt das Boot mit dem Bug in den Wind. Er bat Fenja, kurz das Steuer zu übernehmen, was sie gerne tat. Routiniert setzte Arndt zunächst das Groß- und danach das Vorsegel, bevor er das Steuer wieder übernahm.

Fenja hielt ihre Nase in den Wind, um die frische Seeluft zu genießen, die ihr die Haare verwirbelte. Sie fühlte sich innerlich frei wie schon lange nicht mehr.

Als sie ins Wasser blickte, sah sie, dass es durch Algen grünlich verfärbt war. Je weiter sie hinausfuhren, desto dunkelblauer wurde das Meer.

Nachdem sie eine Weile gestanden hatte, setzte sie sich wieder auf die Bank. Sie lehnte sich entspannt zurück und genoss die durch Wellen verursachten Schaukelbewegungen. Von ihr aus hätten sie ewig so weitersegeln können – ihretwegen auch bis zum Ende der Welt.

»Na, genießt du die Fahrt?«, rief Arndt, um den Wind zu übertönen.

»Und wie!« Fenja blickte zu ihm und reckte ihm beide Daumen entgegen. »Es ist einfach perfekt!«

Der Wind frischte auf, und der Kiel der *Stella* durchschnitt die Wellen, wobei weiße Gischt aufgewirbelt wurde. Erneut überkam Fenja ein Gefühl der Freiheit, als sie auf die scheinbar unendliche Weite der Nordsee hinausblickte.

Wenig später begannen ihre Augen, zu strahlen, als sie etwa fünfundzwanzig Robben auf einer Sandbank erblickte. Die Tiere lagen ruhig da und machten den Anschein, als würden sie sich sonnen. Dazwischen hüpften Vögel herum, die wohl keine Ruhe brauchten.

Wie jedes Mal versetzte der Anblick der Robben Fenja in Entzücken. Dabei sah sie die Tiere mehrmals die Woche, da eine ihrer Touren zu einer Seehundbank führte. Doch sie konnte sich an Robben, gleich welcher Art, nicht sattsehen.

Arndt schaltete den Autopiloten ein und kam zu Fenja herüber, um sich neben sie zu setzen. »Na, gefällt dir, was du siehst?«

»O ja, sehr. Wusstest du eigentlich, dass etwa 9000 Robben im niedersächsischen Wattenmeer leben?«, fragte Fenja, die den Blick von den niedlichen Tieren nicht abwenden konnte.

»Jetzt ja.« Arndt lachte. »Du kannst mir sicher einen mehrstündigen Vortrag über Seehunde halten, wenn du es darauf anlegst.«

»Bring mich nicht in Versuchung.«

»Glaub mir, ich könnte dir stundenlang zuhören. Wie viele Robbenarten gibt es eigentlich im Wattenmeer?«

Nun riss sich Fenja doch vom Anblick der Robben los, um sich Arndt zuzuwenden. »Interessiert dich das ernsthaft?«, wollte sie wissen.

»Natürlich. Sonst hätte ich nicht gefragt.«

»Okay.« Fenja holte tief Luft. »An der deutschen Nordseeküste und auf Helgoland gibt es zwei Robbenarten: Seehunde und Kegelrobben. Sie sind gar nicht so leicht auseinanderzuhalten. Am besten geht das anhand der Kopfform. Der Kopf von Seehunden ist eher rund, während der von Kegelrobben eher lang gestreckt ist. Ausgewachsene Kegelrobben sind auch größer als Seehunde.«

»Interessant. Und wovon ernähren sie sich?«

»Von Fischen und Kleinkrebsen. Robben machen Beutezüge weit in die Nordsee hinaus. Seehunde tauchen bis zu dreißig Minuten, Kegelrobben etwas kürzer. Nach einigen Tagen kommen sie wieder ins Wattenmeer, um sich auf den Sandbänken auszuruhen.«

»Dann müsste ich mich auch ausruhen«, sagte Arndt und zog die Nase kraus. »Das klingt fürchterlich anstrengend.«

Fenja nickte zustimmend. »Das ist es auch. Aber die Robben kennen es ja nicht anders.«

»Ich bin fasziniert, wie viel du über das Wattenmeer und seine Bewohner weißt.«

»Es ist mein Job«, erwiderte Fenja und lachte. »Es wäre schlimm, wenn ich nichts wüsste.«

Inzwischen waren sie an der Seehundbank vorbeigesegelt, und Fenja schaute verzückt auf das offene Meer hinaus. Die strahlende Sonne ließ es förmlich glitzern, was ihrer Umgebung etwas Magisches verlieh.

Als sie Arndts Blick auf sich fühlte, drehte sie den Kopf in seine Richtung. Ein leichter Schauder überlief sie bei der Intensität, mit der er sie musterte.

Leicht verlegen rieb sie sich über die Unterarme. »Ist was?«, fragte sie.

»Ja. Du.«

Sanft packte Arndt sie an den Schultern und drehte sie halb zu sich. Erneut überlief sie ein Schauder, diesmal jedoch deutlich stärker. Was hatte er vor? Warum blickte er sie so an?

»Du bist so faszinierend«, murmelte er. »Ach, verdammt, ich kann einfach nicht anders.«

Arndt zog sie näher an sich heran. Mit beiden Händen ergriff er Fenjas Wangen und brachte ihren Kopf nah an seinen. Unwillkürlich hielt sie kurz den Atem an. Würde er sie jetzt küssen? Oder machte er wieder einen Rückzieher wie vor ein paar Tagen in ihrem Haus?

Sekunden später wusste sie es, da seine Lippen die ihren berührten. Als er sie zärtlich küsste, erwiderte Fenja den Kuss. Sie spürte, wie ihr Herzschlag sich beschleunigte und ihr Puls anstieg. Ihr Atem ging stoßweise und viel schneller als normal.

Die Schmetterlinge in ihrem Bauch, die sich vorhin darin ausgebreitet hatten, starteten durch. Ihr wildes Geflatter bekam Fenja nur am Rande mit. Zu sehr konzentrierte sie sich auf Arndts Lippen, die sich nicht nur wunderschön, sondern auch goldrichtig auf den ihren anfühlten.

Als sie sich voneinander lösten, hätte ihn Fenja am liebsten direkt noch einmal geküsst; diesmal sehr stürmisch. Gewaltsam hielt sie sich zurück, da sie nichts überstürzen wollte.

Etwas atemlos blickten sich die beiden an. Arndt hob einen Zeigefinger und strich sanft zuerst über ihre Lippen, dann über ihre Augenbrauen.

»Es war wunderschön«, flüsterte er leise. »Das wollte ich schon lange tun.«

»Was? Über meine Augenbrauen streichen?«, fragte Fenja im Versuch, die Intimität der Situation etwas aufzulockern.

Ernst schüttelte er den Kopf. »Das meine ich nicht. Und das weißt du auch ganz genau.«

In Fenja kämpften widersprüchliche Gefühle um die

Oberhand. Arndt hatte zweifelsfrei recht: Der Kuss war wunderschön gewesen. Doch war er auch klug gewesen? Hatte sie sich nicht vorschnell auf etwas eingelassen, das sie eigentlich gar nicht wollte?

Fenja schüttelte die Gedanken ab. Der bisherige Tag war viel zu schön gewesen, als dass sie seinen Zauber jetzt mit irgendwelchen Überlegungen zerstören würde. Nein, dafür war auch später noch Zeit.

Daher lehnte sie sich zurück und legte den Kopf in den Nacken. Als sie Arndts Hand in der ihren spürte, erwiderte sie seinen Druck. Dabei umspielte ein leichtes Lächeln ihre Lippen.

Viel zu schnell teilte ihr Arndt mit, dass es an der Zeit war, zurückzusegeln. Fenja wollte nicht, dass der Tag zu Ende ging. Stattdessen wollte sie weiter die Freiheit des Meeres genießen, weg vom Alltag in Richtung der Unendlichkeit des Horizonts segeln. Mit Arndt an ihrer Seite. Leider war das unmöglich.

Ihr entfuhr ein kleiner Seufzer.

»Alles okay?«, fragte Arndt, der sich bereits erhoben hatte, um zum Steuer zu gehen.

Fenja nickte. »Ich will nur nicht jetzt schon zurück aufs Festland«, antwortete sie.

»Oh, wir können auch noch weiter hinaus.« Er beugte sich halb zu ihr hinunter und streichelte sanft über ihre vom Wind zerzausten Haare. »Ich dachte nur, du willst vielleicht noch einen Inselspaziergang machen und danach mit mir essen gehen.«

Angesichts der Aussicht, noch mehr Zeit mit Arndt zu verbringen, drängte sich ihre Meeressehnsucht abrupt in den Hintergrund. In seiner unmittelbaren Nähe Baltrum zu erkunden, hatte durchaus seinen Reiz.

Daher stimmte sie zu, sich auf die Rückfahrt zu begeben. Auf seine Nachfrage beteuerte sie, dass es völlig in Ordnung sei, woraufhin er ansetzte, das Segelboot zu wenden.

Erneut kamen sie an der Seehundbank vorbei, die inzwischen bis auf fünf Robben und einige Vögel verlassen war. Die meisten Seehunde und Kegelrobben hatten sich wieder auf Beutezüge begeben.

Kurz vor dem Yachthafen übernahm Fenja das Steuer, damit Arndt zuerst das Vor- und dann das Großsegel einholen konnte. Mit Motorantrieb ging es an den Liegeplatz, wo Arndt das Boot vertäute.

Als sie herausgehüpft war, versuchte Fenja vergeblich, ihre zerzauste rote Mähne zu bändigen. Da sie nicht gewusst hatte, was sie am heutigen Tag erwartete, trug sie ihre Haare offen. Dies rächte sich nun, und Fenja dachte kurz voller Widerwillen daran, wie lange es dauern würde, sie mithilfe einer Bürste zu entwirren.

Fenja und Arndt verließen den Yachthafen. Nachdem sie

an ein paar Häusern vorbeigekommen waren, befanden sie sich bereits in den Dünen. Wie selbstverständlich legte Arndt ihr einen Arm um die Schultern. Sie umschlang seine Hüfte, wobei ein nicht zu ignorierendes Glücksgefühl in ihr aufstieg.

Arm in Arm spazierten sie einen schmalen Fußweg entlang. In einer seltsam andächtigen Stimmung lauschte Fenja dem Rauschen der Halme des Strandhafers und sah das Blitzen der Sonne auf den Gräsern. Die Beeren des Sanddorns waren fast reif. Viele davon schimmerten in einem orangegoldenen Ton.

Auf einer Aussichtsdüne angekommen, löste sich Fenja von ihm und genoss einen phantastischen Rundumblick über Baltrum, indem sie sich langsam um ihre eigene Achse drehte. Das Zusammenspiel von weißem Sand und den unterschiedlichen Grüntönen des Grases und der Bäume faszinierte sie besonders. Schmale Fußwege verliefen kreuz und quer über die ganze Insel. Am heutigen Tag mit strahlendem Sonnenschein konnte sie sogar bis zu den Nachbarinseln Norderney und Langeoog sehen.

Sie wandte sich zu Arndt und lächelte ihn an. »Das ist wunderschön. Vielen Dank für die Überraschung. Sie ist dir wirklich gelungen.«

»Freut mich, dass es dir gefällt«, erwiderte er und lächelte zurück. »Ich hatte ja meine Zweifel, aber da du erzählt hast, du besuchst gerne die Inseln, dachte ich: Riskier es einfach.«

»Es war goldrichtig.« Fenja griff nach seiner linken Hand und drückte sie leicht.

Als sie ihm ihre Hand wieder entziehen wollte, hielt er sie fest. »Lass nur«, sagte er und drückte ihr einen Kuss auf die Nasenspitze. »So gefällt es mir besser. Viel besser, um genau zu sein.«

Die beiden gingen weiter, vorbei an einer riesigen Koppel, auf der einige Pferde grasten. Neugierig hoben die kräftigen Kaltblüter ihre Köpfe, um ihnen nachzublicken. Immer wieder hoppelten Kaninchen vor ihnen über den Weg, während am Himmel kreischende Möwen ihre Kreise zogen.

Zum Pfeifen des Windes gesellte sich mitunter das Brummen von Hummeln, die sich an weißen und gelben Blüten gütlich taten. Gesellschaft erhielten sie von bunten Schmetterlingen, die sich ebenfalls am Blütennektar labten.

Einmal begegnete ihnen eine Schafherde, die auf einer weiten, ebenen Fläche graste, durchbrochen von kleinen windschiefen Büschen. Mitunter hob eines der Tiere den Kopf, um zu blöken.

»Kennst du den Witz ›Sturm ist erst, wenn die Schafe keine Locken mehr haben‹?«, fragte Arndt.

In gespielter Entrüstung blickte Fenja ihn an, bevor sie schmunzelte. »Selbstverständlich! Ich bin schließlich auch ein Küstenbewohner. Um den Spruch über unsere Lieblingsrasenmäher kommt wohl keiner herum, der hier aufgewachsen ist.«

Als die ersten beigen Backsteinhäuser mit Ziegeldächern in Sicht waren, verbreiterte sich der Weg. Ein Einheimischer passierte sie mit einem Pferdefuhrwerk und lüftete seinen Hut zum Gruß. Fenja winkte ihm zu und sah, dass Arndt es ihr gleichtat.

Wenig später begegneten sie einer Katze, die einen großen Fisch im Maul trug. Dabei wirkte ihr Gesichtsausdruck äußerst zufrieden.

»Den hat sie bestimmt irgendwo gemopst«, sagte Fenja und lachte.

»Gut möglich. Vielleicht fragt sich gerade jemand, ob sein geplantes Abendessen plötzlich Beine bekommen hat.«

»Apropos Essen. Langsam bekomme ich wirklich Hunger.« Fenja blickte Arndt von der Seite an. »Geht es dir nicht auch so? Immerhin haben wir seit dem Frühstück nichts mehr gegessen.«

Bevor er verbal antworten konnte, knurrte sein Magen vernehmlich.

»Das werte ich eindeutig als Ja.«

Wenig später erreichten sie das Restaurant *Robbenliebe.* Fenja hoffte, dass dies in gefühlsmäßigem Kontext gemeint war und sich nicht in der Speisekarte niederschlug. Wobei sie natürlich wusste, dass dies nicht sein konnte, da in der EU der Handel mit Robbenprodukten seit Jahren zum Glück verboten war.

In dem kleinen Restaurant herrschte eine heimelige Atmosphäre. Sofort wurde klar, dass die Inhaber es mit der Robbenliebe sehr ernst nahmen. An den Wänden hingen Bilder von Seehunden und Kegelrobben, zum Teil auf Sandbänken. Auf den Tischen und Fensterbänken standen Robbenfiguren aus Ton in verschiedenen Größen und Varianten.

Sobald sich Fenja und Arndt an einen Zweiertisch am Fenster gesetzt hatten, eilte eine lächelnde Brünette mit zwei Speisekarten herbei. Sie begrüßte sie freundlich und fragte nach ihren Getränkewünschen.

Nach der Bestellung von zwei Gläsern Weißwein vertieften sich die beiden in die Speisekarten. Für Fenja war nach kurzem Überfliegen klar, dass sie Zitronenspaghetti mit Knoblauchgarnelen bestellen würde. Daher klappte sie die Karte zu und legte sie beiseite.

Arndt blickte auf und schmunzelte. »Geht das bei dir immer so schnell?«

»Meistens«, antwortete Fenja. Sie zuckte mit den Schultern. »Ich habe halt meine Lieblingsgerichte, die ich tausendmal hintereinander essen kann.«

Arndt wollte wissen, was sie bestellte. Als Fenja es ihm sagte, klappte auch Arndt seine Speisekarte zu und legte sie neben sich.

»Damit wäre der Fall geklärt.« Zufrieden rieb sich Arndt die Hände. »Das klingt ganz großartig. Hoffen wir, dass es auch so schmeckt.«

»Ich denke, davon können wir ausgehen.«

Sobald das Gericht vor ihr stand, stürzte sich Fenja darauf. Es schmeckte ihr sogar noch besser, als sie gedacht hatte. Trotz ihres Heißhungers zwang sie sich, möglichst langsam zu kauen. Schließlich wollte sie es genießen und nicht einfach hinunterschlingen.

In einvernehmlichem Schweigen erfreuten sich die beiden an ihrer Mahlzeit. Entgegen ihrer Natur kam Fenja diesmal nicht einmal in Versuchung, mit vollem Mund zu sprechen. Zu sehr schmeckte ihr das leckere Essen. Zu wohl fühlte sie sich in Arndts Gesellschaft.

Als die Kellnerin die Teller abgeräumt hatte, griff Arndt über den Tisch hinweg nach Fenjas Hand. Sanft streichelte er mit dem Daumen über ihren Handrücken, was in ihr ein überaus angenehmes Prickeln verursachte.

»Ich habe den Tag mit dir wirklich sehr genossen«, sagte er. Bevor Fenja zu einer Antwort ansetzen konnte, sprach er weiter. »Was hältst du davon, wenn wir gleich die letzte Fähre nach Neßmersiel nehmen und in Burhave einen schönen Strandspaziergang machen?«

Angesichts seiner Worte breitete sich auf Fenjas Gesicht ein Lächeln aus. Arndt schien wirklich etwas an ihr zu liegen. Doch wollte sie das überhaupt? Obwohl sie sich sehr wohl in seiner Gegenwart fühlte, blieb die Angst, wieder verletzt zu werden. Immer noch wusste Fenja nicht, ob sie wirklich schon bereit für eine neue Beziehung war.

Sie nickte. »Sehr gerne.«

Die beiden bestellten zum Nachtisch jeweils einen Kaffee. Sie blieben noch eine Weile sitzen und unterhielten sich. Arndt übernahm die Bezahlung und duldete dabei keine Widerrede. Er gab der Kellnerin ein großzügiges Trinkgeld, wofür sie sich freudestrahlend bedankte. Danach schlenderten er und Fenja händchenhaltend zur Fähre.

In Burhave angekommen, gingen sie direkt zum Strand. Sie wählten den schmalen Weg am Ufer entlang. Wieder hielten sie Händchen. Fenja kam es fast vor, als wären sie miteinander verschmolzen.

Ein Hauch von Unruhe kam in ihr auf, als sie überlegte, ob das nicht alles viel zu schnell ging. Mit einem unwillkürlichen Kopfschütteln verdrängte sie den Gedanken. Der heutige Tag war zu schön, um ihn sich mit Grübeleien zu verderben.

»Habe ich dir schon erzählt, dass ich als Kind ganz fasziniert von Steinen war, die am Strand liegen?«, fragte Fenja.

Arndt schüttelte den Kopf. »Nein, das hast du mir bisher vorenthalten.«

»Nun ja, meine Steinliebe war richtig intensiv. Ich sammelte sie in allen möglichen Farben und Formen, weil ich so fasziniert davon war. Eine Zeit lang habe ich jeden Tag welche mitgebracht. Das artete so aus, dass meine Mutter mich schließlich zwingen musste, einige wieder in die Natur zu bringen.«

»Warum das denn? Du warst doch sicher sehr traurig deswegen.«

»Anfangs ja. Aber Mama hatte recht, das wurde mir schnell klar. Weißt du, mein ganzes Zimmer war voll von Steinen. Sie lagen haufenweise auf dem Fensterbrett, in jedem Regal und sogar auf dem Boden. Und wenn ich *haufenweise* sage, meine ich haufenweise.« Fenja lachte. »Es ging sogar so weit, dass auf meinen Klamotten Steine lagen und überall zwischen meinem Spielzeug.«

»Okay, das klingt wirklich etwas übertrieben.« Fragend blickte Arndt sie von der Seite an. »Hat sich das inzwischen etwas gebessert?«

Fenja lachte erneut. »Glücklicherweise. Nachdem meine Mutter mir das Steinesammeln untersagt hatte, begann ich stattdessen, am Strand Müll zu suchen, um ihn zu entsorgen. Das mache ich übrigens heute noch.«

»Sehr löblich. Wie ich feststellen durfte, bist du aber zwischendurch noch in der Lage, aufrecht am Strand entlangzugehen.«

»Hey, werd nicht frech.« Mit ihrer freien Hand knuffte Fenja ihn in die Seite.

»Das würde ich niemals wagen.«

Mehrere Minuten schlenderten sie schweigend am Strand entlang. Es war Arndt, der die Gesprächspause beendete, als zwei Möwen lauthals begannen, sich um etwas zu streiten. Vermutlich um ein Stück Fisch oder etwas anderes Essbares.

»Mit Leif und meinen Eltern habe ich mal in den Sommerferien Inselhopping gemacht«, erzählte er. »Ich war acht, Leif war sechs Jahre alt. Damals hatten wir ein Segelboot, weißt du? Anfangs war es richtig schön warm. Auf Wangerooge, Spiekeroog und Langeoog lagen wir noch am Strand. Auch die Inseln haben wir erkundet.«

»Das hört sich an, als wäre es nicht den kompletten Urlaub so gewesen.«

»Damit liegst du goldrichtig.« Arndt schmunzelte. »Just, als wir auf Baltrum ankamen, wurde es richtig kalt, und ein ekliger Nieselregen setzte ein. Laut der Wetterkarten sollte es auf Helgoland viel besser aussehen. Daher beschlossen meine Eltern, direkt dorthin zu segeln. Was sie allerdings nicht wissen konnten, war, dass der angesagte Sturm früher herantoste als angesagt.«

»Oh«, machte Fenja und blickte ihn von der Seite an. »Lass mich raten: Ihr seid direkt hineingefahren?«

Er erwiderte ihren Blick. »Ganz genau. Dazu hat es wie aus Eimern geschüttet. Das Boot neigte sich derart in den Wellen, dass es manchmal fast den Anschein hatte, es würde umkippen. Und die meterhoch aufspritzende Gischt. Glaub mir, nicht nur einer von uns hat gekotzt.«

»Aber ihr habt es geschafft.«

»Zum Glück. Auf Helgoland haben meine Eltern das Boot im Yachthafen doppelt vertäut, damit der Wind es nicht davonwehte. Das war eine unruhige Nacht, sage ich dir. Und am nächsten Morgen …« Arndt hielt einen Augenblick inne. »… hatten wir das schönste Wetter, das du dir vorstellen kannst.«

»Na, das nenne ich mal Aktivurlaub.«

»Ja, es war mitunter durchaus spannend«, sagte Arndt und lachte. »So etwas behält man sein Leben lang in Erinnerung. Gerade eingefallen ist es mir übrigens wegen der Möwen, die direkt über uns gekreischt haben. Am Tag nach dem Sturm habe ich nämlich das erste Mal die Lange Anna gesehen. Warst du schon mal dort?«

»Mehrmals.« Fenja grinste. »Als kleiner Junge warst du

bestimmt sehr angetan von dem ohrenbetäubenden Gekreisch, das die Trottellummen, Silbermöwen, Basstölpel und Co. dort mitunter veranstalten.«

»So sehr, dass ich mir minutenlang die Ohren zugehalten habe«, erwiderte Arndt und verzog das Gesicht. »Meine Eltern hatten mir davor auch erzählt, dass der Felsen aus rotem Sandstein besteht. Tja, ich habe mich gefragt, warum es dann so viele weiße Stellen gab. Bis mir klar wurde, dass die Färbung von den vielen Vögeln kam, die darauf saßen. Und von ihrem …«

»… Kot«, unterbrach ihn Fenja und vervollständigte seinen Satz.

Die beiden lachten.

Als es dämmerte, setzten sie sich auf einen kleinen Flecken Sand, den die Flut nicht erreichte. Entspannt lehnte sich Fenja an Arndt, woraufhin er ihr einen Arm um die Schultern legte und sie an sich drückte. Mit einem Lächeln auf den Lippen blickte sie auf das Meer hinaus, dem Horizont entgegen.

Gerade teilte eine Wolkenbahn die untergehende Sonne, wodurch sie wie zwei halbe Sonnen wirkte. Die Farben reichten von Orangegelb bis Rosarot. Es sah beinahe so aus, als würde der Himmel explodieren.

»Wunderschön«, flüsterte Fenja ergriffen.

»Das ist es«, stimmte Arndt ihr zu. Auch er sprach leise,

als wäre er ebenfalls fasziniert von dem Schauspiel, das die Natur ihnen bot.

Als die Himmelsfarben dunkler und dunkler wurden, drehte er sich zu Fenja, um sie zum zweiten Mal an diesem Tag zu küssen. Wieder gab sie sich dem Gefühl seiner zärtlichen Lippen auf ihren hin.

Nachdem sie sich voneinander gelöst hatten, blickten sie sich unter dem inzwischen fast dunklen Himmel an. So lange, dass Fenja drohte, sich in Arndts Augen zu verlieren.

»Du bist wirklich eine ganz besondere Frau«, sagte er schließlich und brach damit den Bann. »Ich kann mich glücklich schätzen, dass ich dich kennenlernen durfte.«

»Das geht mir genauso«, erwiderte Fenja leise.

Momentan fühlte sie sich derart von Glück erfüllt, dass sie beinahe befürchtete, gleich zu platzen. Schöner hätte der heutige Tag nicht verlaufen können. Sie erinnerte sich nicht, dergleichen schon einmal erlebt zu haben.

Doch war es nicht besser, wenn sie etwas auf Abstand ging? Was, wenn es für ihn nichts Ernstes war, sondern er das Ganze als eine Art Abenteuer sah? Immerhin hatte er sie bisher nicht gefragt, ob sie seine Freundin sein wollte.

Meinte er es nun ernst mit ihr oder nicht? Und wie würde ihre Antwort ausfallen, sollte er fragen?

Kapitel 8

Als Fenja am nächsten Morgen erwachte, hallte der vergangene Tag in ihr nach. Auf höchst angenehme Art und Weise. So schwungvoll wie schon lange nicht mehr sprang sie aus dem Bett.

Kurz darauf stellte sie etwas enttäuscht fest, dass Arndts Platz im Speiseraum verlassen war. Das benutzte Geschirr bewies, dass er bereits gefrühstückt hatte.

Fenja fragte sich, warum er nicht auf sie gewartet hatte. Sie erklärte es sich damit, dass er bestimmt zu seiner Mutter in die Reha gefahren war.

Das fand sie ein wenig schade, da sie am heutigen Tag wegen der momentanen Tide nur eine Wattführung am Nachmittag hatte. Um drei Uhr morgens zum ersten Niedrigwasser dieses Tages hätte sie keine Urlauber dafür begeistert. Daher hätte sie am Vormittag etwas mit Arndt unternehmen können, doch seine Mutter ging natürlich vor.

Nachdem sie in der Pension bei der Zimmerreinigung geholfen hatte, versorgte sie Max und Moritz. Als das erledigt war, holte sie sich einen Liegestuhl und machte es sich auf der Wiese bei den Tieren gemütlich.

Sofort drängten sich Minischwein und Esel um sie, um ausgiebige Streicheleinheiten einzufordern. Geduldig kraulte Fenja mit jeweils einer Hand Fell und Borsten, bis die beiden genug hatten.

Moritz stürmte davon und begann, die Schnauze nah am Boden, wühlend nach verborgenen Schätzen zu suchen. Wenig später folgte ihm Max und graste nur wenige Meter neben seinem besten Kumpel.

Eine Weile betrachtete Fenja die beiden mit amüsiert-liebevollem Blick, bevor sie sich den Schirm ihrer Baseballkappe tiefer ins Gesicht zog und die Augen schloss. Da sie den Wecker ihres Handys gestellt hatte, stand nicht zu befürchten, dass sie ihre Wattführung verschlief.

»Hier steckst du also«, sagte Astrid neben ihr, womit sie Fenja aus dem Halbschlaf riss. »Habe ich es mir schon fast gedacht.«

Fenja öffnete die Augen und zog den Schirm ihrer Kappe nach oben, um ihre Mutter anzuschauen. »Hi. Kann ich dir helfen?«

»Nein, nein, alles gut. Ich wollte nur kurz mit dir reden.«

»Okay. Was gibt es denn?«

»Ah, mein Kreuz.« Beide Hände an die Hüften gepresst, streckte Astrid den Rücken durch.

»Du willst mit mir über deinen Rücken sprechen?« Besorgt blickte Fenja sie an.

Wenn das der Fall war, musste ihre Mutter wirklich schlimme Schmerzen haben. Normalerweise klagte sie nie, sondern sagte immer, dass Herumjammern nur etwas für Weicheier sei.

»Nein, nein, alles gut«, wiederholte Astrid und nahm die Hände von den Hüften, wobei sie ein wenig das Gesicht verzog.

»Willst du dich setzen?«

Als Fenja Anstalten machte, aufzustehen, winkte ihre Mutter ab. »Lass nur. Ich hole eben den Stuhl aus dem Stall. Der zwingt mich dazu, gerade zu sitzen.«

Astrid ging Richtung Stall und kehrte wenig später mit einem braunen Stuhl mit hoher Lehne zurück. Leise seufzend ließ sie sich in betont aufrechter Haltung darauf nieder, bevor sie die Hände in ihrem Schoß faltete.

»So ist es besser«, sagte sie und blickte Fenja in die Augen. »Dann schieß mal los. Was ist das mit dir und diesem attraktiven Kerl namens Arndt?«

»Nichts. Was soll schon sein?« In der Hoffnung, es möge lässig wirken, zuckte Fenja mit den Schultern. »Wie kommst du überhaupt darauf?«

»Tja, mein Kind.« Vielsagend tippte sich Astrid an die Nase. »Ich habe eben Lunte gerochen. Du glaubst doch nicht etwa, dass du vor deiner Mutter verbergen kannst, verliebt zu sein?«

»Ich bin nicht verliebt!«, protestierte Fenja, wobei sie überaus entrüstet klang.

»Unsinn!« Astrid schnaubte. »Dir selbst kannst du vielleicht etwas vormachen, aber garantiert nicht deiner eigenen Mutter. Ich bin schließlich nicht blind.«

Fenja schüttelte den Kopf. »Du täuschst dich. Bestimmt wünschst du dir einfach nur zu heftig, dass ich wieder in einer glücklichen Beziehung bin. Auch Mütter können sich etwas einbilden.«

»Andere Mütter vielleicht, ich hingegen nicht«, erwiderte Astrid in würdevollem Ton. »Und jetzt hör auf, um den heißen Brei herumzureden, und erzähl mir, was los ist. Das hilft immer.« Sie hob einen Zeigefinger. »Denk daran, ich will alles wissen. Und lass nicht das klitzekleinste Detail aus.«

Fenja seufzte tief und ergab sich in ihr Schicksal. Vielleicht hatte ihre Mutter ja recht und es half, wenn sie über das Gefühlschaos sprach, das in ihr herrschte.

»Du weißt, dass ich gestern mit Arndt auf Baltrum war?«, begann Fenja.

Astrid nickte.

»Na ja, wir haben uns zweimal geküsst.«

»Oha.«

»Keine Frage, die Küsse sind sehr schön gewesen«, sagte Fenja und verschränkte die Arme vor der Brust. »Allerdings weiß ich nicht, was ich davon halten soll. Danach ist nämlich nichts weiter passiert.«

»Nun, das wäre vielleicht auch ein bisschen schnell gegangen«, erwiderte ihre Mutter und lachte.

Leicht verlegen fühlte Fenja, dass ihre Wangen heiß wurden. Sie legte beide Hände darauf, um es zu verbergen. »Das meine ich nicht. Ich hätte irgendwie erwartet, dass er mich fragt, ob ich seine Freundin sein will. Macht man das normalerweise nicht so?«

»Nicht zwingend, würde ich sagen.« Astrid streckte den Rücken durch, wobei sie leise ächzte. »Ich glaube, jeder ist da anders gestrickt. Vielleicht ist Arndt ein wenig schüchtern.«

»Den Eindruck habe ich nicht.«

»Es könnte auch nur Liebesdinge betreffen. Jedenfalls macht er auf mich nicht den Eindruck, dass er nur auf ein schnelles Abenteuer aus ist.«

»Du meinst also nicht, ich bilde mir da etwas ein und er sieht das Ganze nur als eine Art Spaß oder als Freundschaft plus? Heutzutage gibt es so was ja häufiger.«

Heftig schüttelte Astrid den Kopf. »Auf keinen Fall will er so etwas«, erwiderte sie in energischem Ton. »Jeder außer dir kann sehen, dass er sich in dich verliebt hat. Es kann auch sein, dass er stillschweigend davon ausgeht, ihr wärt jetzt zusammen.«

Fenja lehnte sich in ihrem Liegestuhl zurück und verschränkte die Arme über ihrem Kopf. »Findest du nicht, er sollte mit mir darüber reden?«

»Besser wäre es. Irgendetwas hält ihn allerdings davon ab.« Eindringlich blickte Astrid ihre Tochter an. »Du bist übrigens auch verliebt, daran gibt es keinen Zweifel.«

»Zugegeben, irgendwie fürchte ich das auch. Und was soll ich jetzt tun?«

Astrid bedachte Fenja mit einem nachsichtigen Blick. »Das ist dir bereits klar. Du musst über deinen Schatten springen und von dir aus das Gespräch suchen.«

»Ich habe Angst.«

»Ich weiß, mein Kind. Doch das darf dich nicht davon abhalten, hörst du?«

»Glaubst du wirklich?«

»Absolut. Nun ist es an der Zeit für einen Neuanfang«, sagte Astrid. Sie beugte sich vor und strich ihrer Tochter liebevoll über die Haare. »Denk von mir aus noch einmal darüber nach, aber dann handle.«

***

Abends trafen sich Fenja und Arndt in der Kneipe, die zu *Haus Land unter* gehörte. Mit von der Partie waren Mareike und Astrid.

Die vier saßen auf bequemen dunkelblauen Lederstühlen um einen hellen Eichenholztisch. An den Wänden hingen Bilder mit maritimen Motiven. Die Tischdekoration bestand aus einem Muschelpotpourri, in dem eine blaue Kerze steckte. Seit sie denken konnte, hatte sich Fenja hier sehr wohlgefühlt.

Die Kneipe war immer gut besucht. Heute jedoch war es besonders voll, da auf der kleinen Bühne neben der Tür zur Küche eine Band auftreten würde. Sie spielten fetzige Rockmusik, und Fenja freute sich schon sehr auf den Auftritt.

»Ich bin echt gespannt, was *Rock On The Deck* heute spielen«, sagte Astrid. »Um ehrlich zu sein, hoffe ich auf eine ganze Menge Klassiker.«

Fenja grinste. »Kein Wunder bei deinem fortgeschrittenen Alter.«

»Werd mal nicht frech, Fräulein.« In gespielter Empörung kniff Astrid die Augenbrauen zusammen. »Sonst könnte es gut passieren, dass ich dich für den Rest des Abends Fenja-Gies …«

»… Mama!«, unterbrach sie Fenja und schielte zu Arndt, doch er schien nichts mitbekommen zu haben, da er zur Bühne blickte, wo die Band gerade beim Aufbauen war. Ihr Plan sah vor, ihm möglichst lange ihren kompletten Namen vorzuenthalten.

Mareike, die ihn natürlich kannte, kicherte. »Das wäre echt eine Strafe.«

»Jetzt übertreib mal nicht«, sagte Astrid in mahnendem Ton. »Es ist ein wunderschöner althochdeutscher Name. Vor allem in Kombination mit Fenja. Ich weiß wirklich nicht, was ihr gegen Gies…«

»… Mama!«

In entwaffnender Geste hob Astrid beide Hände. »Okay, okay, ich hör ja schon auf.«

»Danke.«

»Organisierst du hier öfter solche Veranstaltungen?«, fragte Arndt und blickte Astrid an. Längst hatten sich die beiden auf das Du geeinigt.

Sie nickte. »Mindestens einmal im Monat. Allerdings treten nicht nur Musiker auf. Wir buchen auch Kabarettisten und machen Autorenlesungen.«

»Das klingt toll. Es wird sicher gut angenommen, oder?« Arndt lehnte sich in seinem Stuhl zurück und legte einen ausgestreckten Arm auf die Lehne von Fenjas.

Als er begann, mit dem Daumen leicht über ihren Arm zu streicheln, durchzuckte sie ein ungeahntes Glücksgefühl. Sie konnte immer noch nicht ganz glauben, dass es Realität war. Die gestrigen Küsse hatten sich wunderschön angefühlt, und Fenja hoffte, es würden noch viele weitere folgen.

In Gedanken versunken, bekam sie die Antwort ihrer Mutter auf Arndts Frage gar nicht mit. Stattdessen überlegte sie, ob sie Arndt sagen sollte, dass sie inzwischen etwas für ihn empfand, das über reine Freundschaft hinausging.

Sie entschied sich dagegen. Zum einen konnte er es sich nach dem Kuss ja wohl denken, zum anderen war sie immer noch unschlüssig, ob sie es tatsächlich wagen sollte, sich gefühlsmäßig voll auf Arndt einzulassen. Ihre Angst, erneut verletzt zu werden, konnte sie nicht ablegen. Es war besser, wenn sie schwieg. Vorerst zumindest.

Als der Bandleader das Mikrophon ergriff und die Gäste begrüßte, schüttelte Fenja ihre Gedanken ab. Jetzt wollte sie lieber den Abend und die Musik genießen. Nur der Augenblick zählte. Schließlich musste Arndt übermorgen bereits wieder auf das Schiff.

Die Musiker begannen ihre Darbietung mit »Smoke on the Water« von Deep Purple, was Astrid ein seliges Lächeln ins Gesicht zauberte. Teils amüsiert, teils liebevoll betrachtete Fenja ihre Mutter. Sie wusste, dass sie in ihrer Jugend häufig auf Rockkonzerten gewesen war. Auch heute noch ließ sie es sich nicht nehmen, ab und zu eines zu besuchen.

Fenja genoss das Beisammensein in vollen Zügen. An Arndt geschmiegt, der inzwischen mit seinem Stuhl näher gerückt war und einen Arm um ihre Schultern gelegt hatte, wippte sie mit dem Oberkörper im Takt der Musik. Wenn es nach ihr ging, brauchte dieser Abend nie zu enden.

Ein paar Gäste standen auf, um vor der Bühne zu tanzen. Dass sie dabei kaum Platz hatten, schien sie nicht zu stören. Immer wieder stießen sie gegeneinander, was die Tanzwütigen nicht nur einmal zum Lachen brachte.

Als die Band »Highway to Hell« von AC/DC spielte, hakte sich Astrid bei der neben ihr sitzenden Mareike unter. Lachend begannen die beiden, zu schunkeln. Bei diesem Anblick brach auch Fenja in Lachen aus.

Solche Aktionen waren einfach typisch für ihre Mutter, was Fenja sehr gefiel. Dadurch blieb sie innerlich jung. Sicher würde sie nie eine verbitterte alte Frau werden. Nein, das konnte sich Fenja beim besten Willen nicht vorstellen.

»Jetzt wird es Zeit für eine kleine Pause«, sagte der Sänger nach einigen Liedern. »Wir müssen dringend unsere Kehlen befeuchten. In einer Viertelstunde geht es wei…« Er unterbrach sich mitten im Wort. Seine Augen wurden groß, und er starrte gebannten Blickes zur Tür.

Verwundert wollte sich Fenja umdrehen, um zu schauen, was ihn derart faszinierte. Bevor sie dazu kam, ertönten hinter ihr ein lautes Iah und ein nachdrückliches Quieken. Fenja seufzte. Hatten es die beiden Schelme wieder einmal geschafft, auszubüxen.

Fast gleichzeitig sprangen sie und ihre Mutter auf, um die Ausreißer einzufangen. Nur am Rande bekam Fenja mit, dass ein lautes Stimmengewirr, durchbrochen von einigen Lachern, eingesetzt hatte. Sie musste nicht lange raten, worüber sich die Leute unterhielten und amüsierten.

Als sie Max und Moritz in der Tür stehen sah, hätte sie beinahe die Hände über dem Kopf zusammengeschlagen. Die beiden starrten vor Dreck. Auf Fell und Borsten trocknete gerade eine dicke Schlammschicht. Immer wieder lösten sich daraus Bröckchen und fielen zu Boden. Max trug ein ehemals weißes T-Shirt auf dem Kopf, das von der Wäscheleine im Garten stammen musste.

Bei seinem Anblick konnte Fenja nicht anders: Sie prustete los. Neben sich hörte sie ihre Mutter lachen. Egal, was die beiden Halunken auch anstellten; Fenja vergab es ihnen. Und es war nicht zu verleugnen, dass sie stets für gute Stimmung bei den Gästen sorgten.

»Ich hole die Leinen und Halfter«, sagte Astrid. »Du passt solange auf, dass die beiden sich nicht verdrücken.«

Wenig später kehrte sie zurück. Max und Moritz schienen genug Freiheit genossen zu haben, denn sie ließen sich brav halftern und zur Wiese zurückführen. Davor hatte Fenja den kleinen Esel von seiner unfreiwilligen Kopfbedeckung befreit.

»Die beiden jetzt zu striegeln, hat keinen Sinn.« Kopfschüttelnd, dabei jedoch breit grinsend, betrachtete Fenja die Tiere. »Wir sollten warten, bis der Schlamm komplett getrocknet ist. Dann wird es leichter.«

»Sehe ich auch so.« Astrid legte einen Arm um die Schultern ihrer Tochter. »Komm, lass uns nachsehen, in welchem Zustand der Garten ist.«

Es war weniger schlimm, als Fenja befürchtet hatte. Dennoch sog sie scharf die Luft ein bei dem Anblick, der sich ihr bot.

Vermutlich in Gemeinschaftsarbeit war es den beiden gelungen, eine der Regentonnen umzustoßen, deren Inhalt sich auf den Boden ergossen hatte. Auf ein derzeit abgeerntetes Gemüsebeet, um genau zu sein. Darin hatten sie sich den untrüglichen Spuren nach gewälzt, was ihr derangiertes Äußeres erklärte.

Danach waren Max und Moritz ebenfalls nicht untätig gewesen. Sie hatten sich zur Wäscheleine begeben. Die darauf hängende Kleidung befand sich nicht mehr im vorherigen Zustand, wofür Moritz aufgrund seiner geringen Größe nicht verantwortlich sein konnte. Dafür hatte Max ganze Arbeit geleistet. Fast die ganze Wäsche wies

Schlammspuren auf. Sie musste eindeutig noch einmal gewaschen werden.

Astrid seufzte. »Da haben sich die zwei ja mal wieder selbst übertroffen.«

***

Als Arndt zurück auf die *ML Diamond* musste, verabschiedete er sich von Fenja mit einer langen Umarmung und einem zärtlichen Kuss. Darüber, ob die beiden nun ein Paar waren, hatten sie immer noch nicht gesprochen.

Traurig blickte sie ihm nach, als er mit geschultertem Seesack durch ihre Zimmertür verschwand. Dass er sie verließ, machte ihr mehr aus, als sie gedacht hatte. Gut, er ging nur zur Arbeit und würde wiederkommen.

Sobald seine Mutter die Reha verließ, zog er allerdings zurück in seine Hamburger Wohnung. Ob sie sich dann noch einmal sehen würden? Darüber wollte Fenja gar nicht nachdenken.

Um sich abzulenken, rief sie Mareike an und fragte, ob sie Zeit hatte. Sie hatte, und so verabredeten sie sich. In einer halben Stunde würden sie sich an Fenjas Häuschen treffen.

Zur Begrüßung umarmten sie sich kurz, aber herzlich. Beide waren neugierig, wie die Handwerker in Fenjas Bad vorangekommen waren. Wenn diese ihr Werk vollendet hatten, war das Haus komplett renoviert.

Da Finn in wenigen Tagen von seiner Afrikareise zurückkommen würde, beschloss Fenja, mit dem Möbelkauf auf ihn zu warten. Er und Mareike verbrachten nach ihrem Einzug sicher eine Menge Zeit in ihrem Zuhause, weswegen sie ihn bei der Möbelauswahl dabeihaben wollte.

Vielleicht kam sogar Arndt mit. Fenja überlegte, ob die beiden sich wohl verstehen würden. Da Finn ein umgänglicher Mensch war, glaubte sie es schon. Wie sie Arndt bisher kennengelernt hatte, zeigte auch er sich offen für neue Bekanntschaften.

»Das sieht echt toll aus«, sagte Mareike, als sie mit Fenja im Badezimmer stand.

Dem konnte Fenja nur zustimmen. Die Handwerker hatten ganze Arbeit geleistet. Hellblaue Fliesen wechselten sich mit weißen ab. Waschbecken, Badewanne und Toilette hatten eine eckige Form, was dem Raum ein modernes Aussehen verlieh.

Aufgrund seiner geringen Größe hatte Fenja auf eine Dusche verzichtet. Stattdessen befand sich an einer Ecke der Badewanne eine durchsichtige, faltbare Schutzwand. Sie würde ihren Ansprüchen mehr als genügen.

»Kaum zu glauben, sie sind fertig.« Zufrieden rieb sie

sich die Hände. »Wenn Finn wieder da ist, kann ich endlich einziehen.«

»Warum erst dann?«

»Weil er es mir niemals verzeihen würde, wenn er beim Einweihungsfest nicht dabei wäre. Außerdem will ich ihn beim Möbelkauf dabeihaben.«

»Soso, ich alleine als Ratgeberin reiche wohl nicht?«, fragte Mareike in gespielter Empörung.

»Das schon, aber stell dir mal vor, was Finn mit mir anstellt, wenn ich ihn außen vor lasse.«

Die Freundinnen machten es sich im Garten gemütlich. Beide hatten ein großes Glas Eistee vor sich stehen. Wie auf Kommando streckten sie gleichzeitig die Beine aus und verschränkten sie übereinander.

Sie mussten lachen und versanken dann für einige Minuten in freundschaftliches Schweigen. Fenja sah, dass Mareike die Augen schloss. Falls sie einschlief, würde Fenja ihre Freundin ein Nickerchen machen lassen. Sie selbst fühlte sich nicht müde.

Vögel zwitscherten in den Bäumen, Schmetterlinge flatterten von Wildblume zu Wildblume, die im Garten wuchsen. Die Luft roch nach Sommer und Meer. Kleine Schäfchenwolken zogen langsam über den Himmel. Dies vervollständigte die Idylle.

All dies versetzte Fenja in einen Zustand vollkommener

Entspannung. Sie hätte nichts dagegen gehabt, bis in alle Ewigkeit hier zu sitzen und zu genießen. Allerdings fehlte noch etwas zu ihrem Glück, wurde ihr auf einmal klar. Es war Arndt. Wäre er hier, würde in diesem Moment alles perfekt sein.

»Du hattest recht«, sagte sie plötzlich.

Einen Wimpernschlag später öffnete Mareike ein Auge und blickte sie mit schief gelegtem Kopf an. »Womit?«

»Als du bei unserem letzten Gespräch über Arndt gesagt hast, ich sei drauf und dran, mich in ihn zu verlieben«, platzte Fenja heraus.

Mareike öffnete auch das andere Auge und lachte. »Da erzählst du mir nichts Neues. Das war mir schon klar, als ich euch das erste Mal zusammen gesehen habe.«

»Vermutlich wirst du mir das für den Rest meines Lebens unter die Nase reiben«, erwiderte Fenja, die nach ihren Worten die Zähne bleckte.

»Darauf kannst du wetten.«

»Gut, dass ich solche Freunde habe.« Mit einem breiten Grinsen beugte sich Fenja zu Mareike und knuffte sie in die Seite.

»Allerdings.« Mareike nickte gewichtig mit dem Kopf. »Und was wirst du jetzt tun? Willst du es ihm sagen? Also ich finde, du solltest.«

»Besser nicht. Damit bringe ich mich nur wieder in Schwierigkeiten.«

»Es zu ignorieren, ist auch keine Lösung, Fenja. Steh zu deinen Gefühlen, auch wenn es dir vielleicht wehtut. Du kannst nicht vor ihnen davonlaufen. Vor dir haben das schon viele versucht. Keinem ist es je gelungen.«

Fenja schaffte es nicht, ein Seufzen zu unterdrücken. »Das sagt sich so leicht, ist aber alles andere als einfach. Was ist, wenn er mich abweist? Dann werde ich schon wieder verletzt, und das ist das Letzte, was ich zurzeit gebrauchen kann.«

»Niemand braucht so etwas. Wenn du es ihm aber nicht sagst, wirst du dich für den Rest deines Lebens fragen, was hätte werden können.«

Nachdenklich blickte Fenja auf einen Schmetterling, der sich auf einer Wildblume niedergelassen hatte. Als er die Flügel ausbreitete, erkannte sie, dass es ein Pfauenauge war. Während sie seine natürliche Schönheit betrachtete und genoss, wurde ihr etwas klar. Das Leben war zu kurz, um es mit Unentschlossenheit und Ängsten zu vergeuden.

»Wenn Arndt zurückkommt, rede ich mit ihm«, sagte sie daher mit fester Stimme.

»Sehr gut. Ich bin stolz auf dich.«

Kapitel 9

Zwei Tage später stand Fenja hinter dem Rezeptionstresen und wartete auf Gäste, die sich angemeldet hatten. Da ihre Mutter beim Einkaufen war und die anderen Mitarbeiter gerade andere Aufgaben erfüllten, übernahm sie den Dienst.

Auf dem Barhocker sitzend, stützte sie die Ellbogen auf dem Tresen ab und starrte ins Leere. Da sie sonst nichts zu tun hatte, schweiften ihre Gedanken ab.

Sie fieberte dem Tag entgegen, an dem Arndt in die Pension zurückkehren würde. Inzwischen konnte sie es kaum erwarten, mit ihm über ihre Gefühle zu sprechen. Dann hatte sie endlich Klarheit, ob es ihm genauso ging. Wenn er sie nur mochte und keine zärtlichen Gefühle für sie hegte, würde das ihr Verhältnis dauerhaft verändern.

Wie Fenja sich kannte, würde sie sich von ihm nicht nur emotional, sondern auch physisch zurückziehen. Somit würden sie sich nicht mehr sehen, sobald er nach Hamburg zurückgekehrt war. In manchen Momenten war sie sich fast sicher, dass er sie nur als Freundin betrachtete.

Doch das konnte eigentlich nicht sein. Immerhin hatten sie sich auf dem Segelboot und am Strand geküsst. Fenja meinte, gespürt zu haben, dass Arndt mehr für sie empfand als reine Freundschaft. Und Freunde küsste man ja auch nicht leidenschaftlich, oder?

Zunächst stand allerdings Finns Rückkehr an, worauf sie sich uneingeschränkt freute. Bestimmt würde er eine Menge zu erzählen haben und mit zahlreichen lustigen Anekdoten aufwarten.

Das würde sie sowohl von ihren Ängsten bezüglich Arndts Gefühlen ablenken als auch von der Tatsache, dass sie wegen Bent Olafsson unbedingt etwas unternehmen musste. Die Zeit war eindeutig gekommen, von ihrem Kuschelkurs abzuweichen.

Trotz ihrer wiederholten Beschwerden hatte Google nichts gegen die schlechten Rezensionen unternommen. Ganz im Gegenteil waren sogar noch eine Menge neue hinzugekommen. Inzwischen wirkte sich dies sogar auf ihr Geschäft aus.

Mehrere Touristen hatten ihr bereits berichtet, dass sie fast davon abgesehen hätten, eine Wattwanderung bei ihr zu buchen. Einzig die vielen hervorragenden ausführlichen Rezensionen, die immer noch deutlich in der Überzahl waren, hatten sie letztlich überzeugt, es bei ihr zu versuchen.

Nach der Tour zeigten sie sich durchweg begeistert, doch das brachte Fenja nichts, wenn die Leute erst gar nicht mehr zu ihr kamen. Dass es mit den negativen Fake-Rezensionen ein Ende nehmen würde, war zudem nicht abzusehen.

Was Olafsson da abzog, war demnach eindeutig geschäftsschädigend. Daher würde ihr nichts anderes übrig bleiben, als ihn anzuzeigen. Bevor sie das tat, würde sie Kontakt zu ehemaligen Tourteilnehmern aufnehmen und um deren Unterstützung bitten. Vielleicht konnte sie sie davon überzeugen, eine Rezension zu schreiben, sofern sie es nicht bereits getan hatten. Eventuell half es auch, wenn sie der Polizei gegenüber ihren guten Ruf erwähnten. Der allerdings bald dahin sein würde, wenn sie nichts unternahm.

»Einen wunderschönen guten Tag!«

Fenja schreckte hoch und erblickte Finn, der braun gebrannt mit breitem Grinsen vor ihr stand. Sofort bemerkte sie, dass er sich bunte Perlen in seine Rastazöpfe hatte einflechten lassen und insgesamt sehr erholt wirkte. Die Zeit in Afrika schien ihm gut bekommen zu sein.

»Finn!« Fenja sprang auf, wobei sie den Barhocker umwarf, was sie in diesem Moment nicht im Geringsten kümmerte, so sehr freute sie sich, ihn endlich wiederzusehen.

Sie eilte auf ihn zu und umarmte ihn stürmisch. Finn erwiderte die Umarmung, wobei er sie fest an sich drückte.

Eine Weile standen sie eng umschlungen da und genossen die Gegenwart des anderen.

»Ich habe dich vermisst«, flüsterte Finn irgendwann, das Gesicht in ihre Haare gepresst.

»Und ich dich erst.« Glücklich darüber, ihren besten Freund wieder bei sich zu wissen, schmiegte sich Fenja an ihn. »Ich hab dir so viel zu erzählen.«

»Dito.« Finn packte sie bei den Schultern, um sie ein Stück von sich wegzuschieben. Mit prüfendem Blick schaute er ihr in die Augen. »Etwas ist anders an dir. Du siehst irgendwie … verändert aus.«

»Na ja, ich bin ein paar Wochen älter geworden«, sagte Fenja und lachte.

»Das meine ich nicht, und das weißt du ganz genau.« Er zwinkerte ihr zu. »Wenn ich es nicht besser wüsste, würde ich sagen, du bist verliebt.«

»Damit hast du gar nicht so unrecht«, murmelte Fenja. Eigentlich hätte sie erstaunt darüber sein müssen, wie treffsicher Finn ihren emotionalen Zustand erfasst hatte, doch das war sie nicht. Er kannte sie eben einfach besser als jeder andere.

»Erzähl! Ich will alles wissen, und zwar sofort!« Finn stieß ihr einen Ellbogen in die Seite. »Los! Spann mich nicht auf die Folter.«

»Später. Dafür brauchen wir etwas Ruhe und eine

Menge Zeit. Es ist ein wenig kompliziert, um es vorsichtig auszudrücken.«

»Warum wundert mich das nicht? Jedenfalls freue ich mich für dich.« Finn beugte sich hinunter und umfasste Fenjas Gesicht mit beiden Händen, um ihr einen festen Schmatz auf die Lippen zu drücken.

»Na, *die* Überraschung ist mir wohl gelungen«, hörte Fenja in diesem Augenblick hinter sich die sarkastische Stimme von Arndt.

Sie löste sich von Finn, drehte sich um und lächelte. »Was machst du denn hier?«, fragte sie. »Solltest du nicht erst übermorgen zurückkommen?«

»Goldrichtig. Allerdings ist es weitaus besser, dass ich jetzt schon da bin, wenn ich mir das Schauspiel so ansehe.«

Verständnislos blickte sie ihn an. »Welches Schauspiel meinst du?«

»Na, dass ich dich mit deinem Liebhaber erwischt habe natürlich.«

Finn prustete los. »Ich soll ihr Liebhaber sein? Das ist doch …«

Mit einer Handbewegung bedeutete Fenja ihm, zu schweigen. »Red nicht so einen Blödsinn«, sagte sie. »Natürlich sind Finn und ich *kein* Paar. Wie kommst du überhaupt darauf?«

»Wie ich darauf komme?«, fragte Arndt in verächtlichem

Ton. »Stell dir vor, ich bin nicht blind. Es ist ja wohl mehr als eindeutig, dass zwischen euch beiden etwas läuft.«

»Was ist daran bitte eindeutig?« Langsam stieg Wut in Fenja auf. Wie kam Arndt dazu, ihr und Finn so etwas zu unterstellen?

»Alles vielleicht?« Arndt spie die Worte förmlich aus. Anklagend deutete er von ihr zu Finn. »Oder wollt ihr etwa behaupten, ihr hättet euch nicht geküsst?«

»Das war rein freundschaftlich.« In entwaffnender Geste hob Finn beide Hände. »Wir sind wirklich nicht zusammen.«

»Wisst ihr was? Verarschen lassen muss ich mich nicht.« Arndt blickte mit halb zusammengekniffenen Augen von einer zum anderen, wobei sie zornig funkelten.

Er drehte sich auf dem Absatz um und eilte davon. Als Fenja ihm verständnislos nachblickte, sprach unbändige Wut allein aus seiner angespannten Haltung und den abgehackten Bewegungen.

Sie wandte sich an Finn und blickte ihn an. »Was war das denn bitte? Und was mache ich jetzt?«

Schnaubend zuckte er mit den Schultern. »Ich fürchte, da hilft nur Abwarten, bis er sich wieder beruhigt hat. Wenn du ihm nachgehst, wird er garantiert noch wütender.«

»Warum glaubt er uns denn nicht?« Fassungslos schaute Fenja zur Tür, durch die Arndt verschwunden war.

»Ich habe nicht die geringste Ahnung. Das ist echt ganz dumm gelaufen.« Finn seufzte. »So habe ich mir meine Rückkehr jedenfalls nicht vorgestellt.«

***

Am nächsten Tag versuchte Fenja noch einmal, mit Arndt zu reden, doch er zeigte ihr nur die kalte Schulter. Als sie sich beim Frühstück zu ihm setzen wollte, stand er sogar auf, um sich an einen anderen Tisch zu begeben.

»Finn und ich sind wirklich nur gute Freunde«, sagte sie schnell. »Das musst du …«

»… ich muss gar nichts.« Arndt warf ihr einen flammenden Blick zu.

Er wandte sich ab und stapfte mit seinem Teller davon. Seine Kaffeetasse ließ er einfach stehen. Am liebsten hätte Fenja ihm in aller Deutlichkeit ein paar saftige Worte hinterhergerufen, doch sie wollte vor den anderen Gästen keine Szene machen.

Ihr Plan, ihm ihre Gefühle zu offenbaren, hatte sich seit Finns Rückkehr in nichts aufgelöst. Sie verstand absolut nicht, warum Arndt ihr nicht glaubte. Niemals hätte sie ihn so eingeschätzt, dass er sich so verhalten könnte.

Außerdem bestand nicht der geringste Anlass, ihr derart zu misstrauen. Warum glaubte er, dass sie einen anderen hatte? Wenn es so wäre, hätte sie ihn doch niemals geküsst! Wie konnte er das nur denken? Er musste sie ja für eine Fremdgängerin halten.

Bei diesen Gedanken stieg plötzlich Wut in Fenja hoch. Was bildete der Kerl sich eigentlich ein, sie so mies zu behandeln? Im Endeffekt konnte Fenja nur froh sein, dass sie Arndt nicht gestanden hatte, sich in ihn verliebt zu haben. Wer sich so verhielt, hatte sie ganz einfach nicht verdient.

Mit einer ruckartigen Bewegung griff Fenja nach ihrem Kaffeebecher in der Absicht, daraus zu trinken. Durch ihre Hast spritzte heißer Kaffee aus dem Becher direkt auf ihre Hand, woraufhin sie einen Schmerzensschrei unterdrückte.

Ihre Wut stieg noch mehr. Jetzt sorgte der Kerl sogar noch dafür, dass sie sich derart aufregte. Nein, ohne ihn war sie definitiv besser dran. Von Anfang an hätte sie bei ihrer ursprünglichen Absicht bleiben sollen, keinen Mann mehr in ihr Leben zu lassen.

Ein Gutes hatte die Situation allerdings, wie sie wenig später mit einem Anflug von Galgenhumor feststellte. Nun war sie in der richtigen Stimmung dafür, Bent Olafsson anzuzeigen. Ihm tüchtig den Marsch blasen würde sie außerdem. Die Mistmade konnte was erleben! Es war definitiv Schluss mit lustig.

Eine halbe Stunde später war ihre Wut immer noch nicht verflogen. Da sie sich an diesem Tag freigenommen hatte, verzog sich Fenja in ihr Zimmer, um ausgiebig ihrer schlechten Stimmung zu frönen. Das hatte sie sich redlich verdient.

Eigentlich hatte sie sich mit Mareike und Finn treffen wollen, um Möbel für ihr Haus zu kaufen, doch sie sagte den beiden ab. Bei ihrer derzeitigen Laune konnte nichts Gutes dabei herauskommen. Garantiert würde sie sich für triste Möbelstücke entscheiden, die momentan ganz hervorragend zu ihr passten.

Irgendwann würde sie über das Desaster mit Arndt hinwegkommen. Dann ärgerte sie sich sicher über ihre Entscheidungen, die sie am heutigen Tag treffen würde, und musste das Ergebnis ihres Fehlkaufes jeden Tag sehen. An Arndt erinnern würde sie die Einrichtung außerdem.

Nein, den Möbelkauf würde sie verschieben. Am besten war, sie verzog sich in ihr Zimmer, um endlich Kontakt zu ehemaligen Tourteilnehmern herzustellen.

Ihre jetzige Laune war perfekt, um den Weg dafür zu ebnen, dass Olafsson endlich das Handwerk gelegt wurde. Daher setzte sie sich an ihren Schreibtisch und rieb sich tatkräftig die Hände. Sie fuhr ihren Computer hoch und öffnete ihr Mailprogramm.

Nach ein paar Minuten hatte sie eine Standardmail verfasst, in der sie ihre Lage schilderte und die ehemaligen Tourteilnehmer um Mithilfe bat. Innerlich drückte sie sich die Daumen, dass sie damit Erfolg haben würde.

Als alles erledigt war, lehnte sie sich zurück und überlegte, was sie noch machen konnte, um ihre Situation zu verbessern. Was taten Menschen, um von ihrem Geschäft zu überzeugen? Wodurch konnte sie ihre leidige Situation verbessern?

Da ihr partout nichts einfallen wollte, beschloss sie, sich mit ein paar YouTube-Videos abzulenken. Sie ging auf die Seite und klickte auf einen ihrer Lieblingskanäle. Während sie durch die Videos scrollte, hatte sie endlich die zündende Idee.

Natürlich! Warum war sie nicht gleich darauf gekommen? Sie würde ihren eigenen YouTube-Kanal eröffnen. Wenn sie freihatte, würde Mareike sich garantiert dazu bereit erklären, Fenja bei Wattwanderungen zu filmen. Genauso wie Finn.

So würden sich Interessierte ein genaues Bild von ihren Touren machen und vor allem davon, wie gut sie waren. Außerdem könnte sie Mehrwert liefern, indem sie über Umweltschutz im Watt oder Gefahren einer Wanderung auf eigene Faust aufklärte.

Mit Feuereifer machte sich Fenja an die Arbeit. Sie erstellte mithilfe eines Schreibprogramms die Kanalinfo und überlegte sich, wie sie das Kanal-Intro gestalten konnte. Ein Logo würde ihr bestimmt Mareike erstellen, die in graphischen Dingen recht fit war.

Nachdem sie einen noch inhaltslosen Kanal namens *Wattvergnügen* erstellt hatte, legte sie sich auf ihr Bett und verschränkte die Arme hinter dem Kopf. Für heute hatte sie definitiv genug von der Welt. Sie wollte nur noch ihre Ruhe.

Als es wenig später an der Tür klopfte, überlegte Fenja kurz, ob sie so tun sollte, als wäre sie nicht da. Von draußen hörte sie die Stimmen ihrer besten Freunde, was ihre Meinung änderte. Mareike und Finn konnte sie nicht einfach draußen stehen lassen. Sie wollte es auch gar nicht.

Die beiden traten auf Fenja zu, um ihr auf jeweils eine Wange einen Kuss zu drücken. Danach setzten sie sich auf die Bettkante und musterten Fenja prüfend.

»Du siehst scheiße aus«, sagte Mareike und seufzte. »Finn hat mir heute Morgen erzählt, was los ist. Gestern wolltest du wohl nicht mehr darüber sprechen.«

Fenja schüttelte den Kopf. »Nein, ich war zu geschockt und musste erst mal selbst damit klarkommen.« Sie versuchte sich an einem Lächeln, scheiterte jedoch kläglich. »Keine Sorge, ich hätte dich schon noch angerufen.«

»Das weiß ich. Und ich verstehe auch, dass du es nicht direkt erzählen wolltest. Aber Finn und ich haben uns Sorgen um dich gemacht, deswegen sind wir vorbeigekommen. Wenn es nicht okay ist, gehen wir wieder.«

Finn nickte zustimmend.

»Nein, alles gut.« Nun gelang Fenja doch ein kleines Lächeln, das ihre Augen allerdings nicht erreichte. »Ich weiß es sehr zu schätzen, dass ihr direkt auf der Matte steht, wenn ihr glaubt, ich brauche Hilfe.«

»Auch dafür sind Freunde da«, sagte Finn mit Nachdruck in der Stimme. »Nicht nur für Zeiten, in denen alles gut läuft.«

»Außerdem würdest du das Gleiche auch für uns tun.«

Dankbar blickte Fenja die beiden an. »Ihr seid die Besten. Keine Ahnung, was ich ohne euch tun würde.« Sie seufzte. »Jedenfalls habe ich beschlossen, Arndt in den Wind zu schießen. Ich habe echt nicht die geringste Lust, schon wieder verletzt zu werden. Es wäre wirklich das Beste gewesen, wenn ich mich gar nicht erst auf ihn eingelassen hätte.«

»Weißt du, ich glaube nicht, dass er es böse gemeint hat. Es ist doch offensichtlich, dass er etwas für dich empfindet, das über reine Freundschaft hinausgeht. Gib ihm noch ein bisschen Zeit«, sagte Mareike. Sie beugte sich vor und strich Fenja tröstend über das linke Bein. »Sicherlich ist ihm in der Vergangenheit etwas Schlimmes passiert, weshalb er so reagiert.«

»Und was sollte das sein? Nein, es gibt keinen Grund dafür, dass er mir nicht glaubt. Hätte er das getan, wäre jetzt alles wieder gut.«

Hilflos zuckte Finn mit den Schultern.

»Vielleicht kann er es einfach nicht. Also über sein Problem reden, das er offensichtlich hat. Manchmal ist es schwer, über seinen Schatten zu springen. Ich sehe es wie Mareike: Warte ein paar Tage ab, und versuche es noch einmal.«

»Immerhin ist er nicht sofort aus der Pension gestürmt und hat sich woanders einquartiert. So schlimm kann es also nicht sein.«

»Genau«, stimmte Finn Mareike zu. »Er sucht garantiert sogar von sich aus das Gespräch, weil er einsieht, wie kindisch er sich verhält. Sicher erkennt er auch, dass er dich damit verletzt hat.«

»Allzu lange sollte er nicht warten«, stellte Fenja fest. »Ich bin schon ganz schön sauer auf ihn, und das wird in den nächsten Tagen garantiert nicht besser. Wenn er nicht aufpasst, will *ich* dann nicht mehr mit ihm reden. Die Zeiten, in denen ich mich von Kerlen ständig verletzen lasse, sind vorbei.«

Nachdenklich tippte sich Mareike mit einem Zeigefinger an die Nasenspitze. »Mir fällt noch etwas ein«, sagte sie. »Wie wäre es, wenn du ihm eine WhatsApp schreibst?

Dann kannst du vorher in Ruhe darüber nachdenken, wie du ihm die Situation erklärst.«

»Meinst du?« Zweifelnd blickte Fenja sie an. »Laufe ich ihm dadurch nicht hinterher?«

Mareike schüttelte den Kopf. »Nein. Im Gegensatz zu ihm verhältst du dich in diesem Fall ganz erwachsen.«

»Mir gefällt die Idee«, sagte Finn. »Es ist klar, dass du etwas für ihn empfindest. Du solltest nicht so schnell aufgeben. Es muss einen Grund haben, warum er automatisch davon ausgeht, dass wir beide zusammen sind und du ihn angelogen hast.«

»Das ist nun wirklich sein Problem.« Fenja schnaubte. »Es war ja wohl offensichtlich, dass wir uns nicht zärtlich, sondern rein freundschaftlich geküsst haben.«

»Für ihn war es wohl nicht offensichtlich.«

»Ach, ist jetzt auch egal.« Fenja winkte ab. »Ich habe keine Lust mehr, darüber nachzudenken. Von mir aus schreibe ich eine WhatsApp, aber dann ist Schluss.«

Mareike setzte an, noch etwas zu sagen, doch Fenja hob eine Hand, um ihr Einhalt zu gebieten, was sie seufzend akzeptierte. Damit sie auf andere Gedanken kam, wechselte Fenja das Thema.

Eine Weile unterhielten sich die drei über Fenjas Häuschen und ihren neuen YouTube-Kanal. In ein paar Tagen würden zum letzten Mal Handwerker kommen, um Solarpanele auf dem Dach anzubringen, was Fenja kaum erwarten konnte. Dadurch sparte sie nicht nur Strom, sondern tat auch etwas für die Umwelt.

Tatsächlich fühlte sich Fenja durch die liebevolle Zuwendung von Mareike und Finn etwas getröstet, weswegen die drei beschlossen, am nächsten Tag ins Möbelhaus zu fahren, damit Fenja bald in ihr neues Zuhause ziehen konnte.

Nachdem ihre Freunde gegangen waren, verbrachte Fenja den restlichen Tag mit dem Versuch, jeden Gedanken an Arndt zu vermeiden. Sie half ihrer Mutter in der Pension und kümmerte sich um Max und Moritz.

Seit ihrem letzten Ausflug schienen die beiden tatsächlich beschlossen zu haben, dass es erst einmal genug an Aufregung war. Brav blieben sie auf ihrer Wiese und machten keine Anstalten, auszubüxen. Fenja fragte sich, wie lange das so blieb.

Momentan zumindest zeigten sie sich von ihrer besten Seite. Als Fenja zu ihnen trat, drängten sie sich an sie, um Streicheleinheiten einzufordern, die sie ihnen bereitwillig gewährte.

»Esel oder Minischwein müsste man sein«, sagte Fenja und seufzte. »Ihr müsst euch nicht mit irgendwelchen Vollidioten herumschlagen.«

Als hätte er sie verstanden, stupste Moritz ihr Bein mit

der Schnauze an. Auch Max zeigte sein Mitgefühl, indem er ihr seinen warmen Atem ins Gesicht blies.

Fenja rang die Hände. »Seht ihr, jetzt denke ich schon wieder an ihn. Das muss aufhören, und zwar schnell.«

Bei der Versorgung der Tiere und der körperlichen Arbeit während des Äppelns schaffte sie es tatsächlich, die Gedanken an Arndt beiseitezuschieben.

Abends saß sie in ihrem Zimmer im Schaukelstuhl und betrachtete nachdenklich ihr Handy. Sollte sie Arndt nun kontaktieren oder nicht? Sie zuckte mit den Schultern. Was hatte sie zu verlieren? Ihr Stolz war ohnehin schon verletzt.

Daher schrieb sie Arndt eine Nachricht, wobei sie ihre Worte sorgfältig wählte. Mehrmals formulierte sie einen der Sätze um, bis sie endlich zufrieden mit dem Text war. Nach kurzem Zögern drückte sie auf »Absenden« und legte das Smartphone weg.

Als sie später im Bett lag, wälzte sie sich unruhig hin und her. Wieder einmal konnte sie nicht einschlafen. Nun war es allerdings Arndt, um den ihre Gedanken kreisten. Würde er auf ihre Nachricht antworten oder Fenja weiterhin ignorieren? Inzwischen hatte er Axel in ihrem Gedankenkarussell endgültig abgelöst. Nur schien das keinen Deut besser zu sein. Ganz im Gegenteil.

Kapitel 10

Tags darauf quetschten sich die Freunde wieder einmal in Finns Fiat, um ins Möbelhaus zu fahren. Da sich Fenja die Möbel liefern lassen würde, brauchten sie den Transporter ihrer Mutter nicht.

Obwohl sie kurz nach Ladenöffnung ankamen, waren einige der Parkplätze bereits belegt. Fenja hoffte, dass nicht allzu dichtes Gedränge herrschen würde, da sie dies nicht sonderlich mochte. Auch bei größeren Demonstrationen fühlte sie sich etwas unwohl, wenn zu viele Leute um sie herum waren.

Heute setzte sie darauf, dass sich die Menschenmenge in dem großen Gebäude verlief. Zu ihrer Erleichterung stellte sie wenig später fest, dass dem so war.

Vorsorglich hatte sie ein Notizbuch und einen Kugelschreiber eingesteckt, um sich die Nummern der Möbel, die sie auswählte, zu notieren. Während Finn einen Einkaufswagen für Dekosachen holte, warteten Mareike und Fenja am Eingang.

Trotz ihrer wegen Arndt gedrückten Stimmung kam so etwas wie Vorfreude in Fenja auf. Endlich war es so weit!

Heute würde sie dafür sorgen, dass *Haus Meerestraum* bald nach ihren Wünschen eingerichtet war.

Tatsächlich hatte sie Spaß daran, mit ihren Freunden die Möbel auszusuchen. Sie schaffte es sogar, Arndt für eine Weile aus ihren Gedanken zu verbannen. Wenn ihr das nur dauerhaft gelingen würde.

Die drei saßen auf mehreren Sofas probe und legten sich gemeinsam in jedes Bett, das Fenja gefiel. Da die Wände in jedem Raum ihres Hauses farbig gestrichen waren, stand für Fenja fest, dass sie schwarze Möbel wollte. Diese würden einen perfekten Kontrast zu der Buntheit bieten. Sicher würde es großartig aussehen.

Einzig die Couch sollte eine graue Farbe haben. Für weitere Farbtupfer würden diverse Dekorationsartikel und Teppiche sorgen. Vor ihrem inneren Auge sah Fenja bereits ihr fertig eingerichtetes Haus, was sie in noch bessere Stimmung versetzte.

Nach drei Stunden hatte sich Fenja für ihre Traummöbel entschieden. Eifrig notierte sie deren Nummern, um sie später bei einem Mitarbeiter abzugeben, damit er sie bestellen konnte. Gerade schrieb sie die letzte Ziffer auf dem Schild ab, das an ihrer zukünftigen Schlafzimmerkommode hing. Plötzlich bemerkte sie etwas, das sie kurz zusammenzucken ließ.

»Mist, da ist dieser Olafsson!«, zischte Fenja. Blitzschnell duckte sie sich hinter ein Sofa und bedeutete ihren verdutzt dreinblickenden Freunden, es ihr gleichzutun, was sie nach wenigen Sekunden auch taten.

»Ja, und?«, fragte Finn in gedämpftem Ton. »Dann ist er halt da.«

Fenja verdrehte die Augen. »Eben. Er ist da. Ich will ihm auf gar keinen Fall begegnen. Heute ist mein freier Tag, da brauche ich so was nicht.«

»Ich finde, du übertreibst«, flüsterte Mareike. »Was soll er denn tun? Er wird schon nicht über dich herfallen. Außerdem sind wir auch noch da.«

»Nein, aber blöd anmachen wird er mich wie jedes Mal, wenn er mich sieht. Mir geht es wegen Arndt schlecht genug, glaub mir.«

Vorsichtig richtete sich Fenja etwas auf und lugte über die Sofakante. Gerade in diesem Moment blickte Olafsson in ihre Richtung. Rasch zog sie ihren Kopf wieder zurück, wobei sie sich den linken Ellbogen an der Lehne des Sofas stieß.

»Hoffentlich hat er mich nicht gesehen«, raunte sie und rieb sich das schmerzende Körperteil. »Das wäre echt megapeinlich.«

»Weißt du, was?« Finn knuffte sie leicht in die Seite. »Mich kennt er nicht. Ich stehe jetzt auf und schaue, was er macht. Wenn die Luft rein ist, hole ich euch.«

»Aber du weißt doch gar nicht, wie er aussieht.« Beinahe hätte Fenja gelacht.

»Oh. Da ist was dran.«

»Wir warten einfach ein paar Minuten, dann ist er sicher weg«, wisperte Mareike.

»Kann ich Ihnen helfen?«, fragte über ihnen eine laute Stimme.

Erschrocken zuckte Fenja zusammen und schaute hoch. Ein stämmiger Mann stand vor dem Sofa. Sein Blick war eindeutig amüsiert. Ein Namensschild wies ihn als Mitarbeiter des Möbelhauses aus.

»Ähm ... nein danke«, sagte Finn. »Wir schauen uns nur dieses tolle Sofa genau an.«

»Wenn ich Ihnen einen Tipp geben darf: Den meisten Kunden hilft es bei der Kaufentscheidung, wenn sie einmal probesitzen.«

Mareike strahlte ihn an. »Das tun wir gleich.«

»Genau«, stimmte Finn ihr zu. »Sobald wir mit unserer Inspektion fertig sind.«

»Nun, dann will ich Sie nicht weiter stören. Sagen Sie einfach Bescheid, wenn Sie doch meine Hilfe brauchen. Sie finden mich dort hinten.« Er deutete auf einen zurzeit unbesetzten Informationsstand.

»Vielen Dank, das machen wir.« Auch Fenja schenkte dem Mitarbeiter ein Lächeln.

Als sich der Mann entfernt hatte, lehnten sich die drei wie auf Kommando gegen das Sofa und brachen in schallendes Gelächter aus. Plötzlich war es Fenja egal, ob Olafsson sie sah. Sie hatte die besten Freunde der Welt, mit denen sie die skurrilsten Situationen erleben durfte, und allein das zählte.

Trotzdem war sie erleichtert, dass von dem Wattführer weit und breit nichts mehr zu sehen war, als sie aufstand. Sie konnte sich beileibe Schöneres vorstellen, als mit ihm zusammenzutreffen.

Nach weiteren zwei Stunden hatte sie sich für Dekorationsartikel entschieden. Da die Küche bereits mit Geschirr, Besteck und Kochutensilien bestückt war, konnte sie sich ganz auf die Aufhübschung des restlichen Hauses konzentrieren.

Zweifelnd betrachtete Fenja den übervollen Einkaufswagen. »Das bekommen wir doch nie alles in Finns Fiat.«

»Ja, blöd, dass keiner von uns daran gedacht hat, dass die Dekosachen auch Platz wegnehmen.« Mareike seufzte. »Und was jetzt?«

»Fenja, ruf deine Mutter an und frag, ob wir den Lieferwagen haben können. Wenn ja, hole ich ihn eben. Es ist ja nicht allzu weit.«

»Gute Idee«, sagte Mareike. »Fenja und ich setzen uns solange ins Restaurant.«

Finn verzog das Gesicht. »Na toll. Und ich habe die ganze Arbeit.«

Spielerisch versetzte Mareike ihm einen Schlag auf den rechten Oberarm. »Stell dich nicht so an. Außerdem hast du es selbst angeboten.«

»Ist ja schon gut«, brummte Finn. »Euer persönlicher Sklave ist bereits so gut wie unterwegs, um den Damen das Gewünschte zu präsentieren.«

Wenig später hatte Fenja die Erlaubnis ihrer Mutter, den Lieferwagen zu nehmen, woraufhin Finn sich auf den Weg machte. Selbstverständlich nicht, ohne sich zuvor noch einmal zu beschweren.

Als er eine gute Stunde später zurückkam, hatten sich Fenja und Mareike die Bäuche mit jeweils zwei Stück Schoko-Sahnetorte vollgeschlagen. Mareike hatte darauf bestanden, da sie der Meinung war, dass Fenja zur Stimmungsaufhellung eine Menge Zucker und Schokolade brauchte.

Die drei luden die Einkäufe in den Lieferwagen und fuhren zu Fenjas Häuschen. Dort angekommen, schleppten sie alles ins Wohnzimmer. Da es noch keine Möbel gab, war nichts weiter zu tun, weswegen sie sich in den Garten setzten.

Nachdem sie eine Weile über Belangloses geredet hatten, kam das Gespräch wieder auf Arndt. Dafür war Fenja verantwortlich, da sie ihn einfach nicht lange aus ihren Gedanken verbannen konnte. Obwohl sie es eigentlich nicht wollte, öffnete sich ihr Mund, und die Worte verließen ihn wie von selbst.

»Ich kann einfach nicht glauben, dass der Arsch mich blockiert hat.« Fenja schnaubte.

»Wie, er hat dich blockiert?«, fragte Mareike mit weit aufgerissenen Augen. »Woher willst du das überhaupt wissen? Das sieht man bei WhatsApp doch gar nicht.«

»O doch. Also nicht direkt, aber es gibt eindeutige Zeichen. Wie zum Beispiel, wenn nur ein grauer Haken erscheint.«

»Vielleicht hat er nur keinen Empfang?«, warf Finn ein. »Sicher liest er deine Nachricht noch.«

»Das glaubst du doch selbst nicht. Außerdem ist mein Empfang in der Pension ganz hervorragend. Und da ich ihn heute beim Frühstück gesehen habe …«

»O Mann.« Finn schüttelte den Kopf. »Das ist echt nicht zu fassen.«

»Du sagst es. Trotzdem kann ich nicht aufhören, an ihn zu denken.«

»Ich weiß, was du jetzt brauchst«, sagte Mareike unvermittelt in entschlossenem Ton.

Fragend blickte Finn sie an. »Und das wäre?«

»Ein Tag am Strand muss her. Nachher miete ich für morgen einen Strandkorb.«

»Perfekt«, sagte Finn und klatschte in die Hände.

»Und ihr glaubt wirklich, dass das eine gute Idee ist?« Zweifelnd blickte Fenja von einer zum anderen. »Meint ihr nicht, dass ich dann wieder nur grüble, wenn ich faul herumliege oder -sitze?«

»Auf keinen Fall«, erwiderten die beiden wie aus einem Mund.

»Wir sorgen schon für Ablenkung«, fügte Finn hinzu.

***

Am nächsten Morgen trafen sich die Freunde am Strand. Dank ihrer Beziehungen war es Mareike tatsächlich gelungen, einen Strandkorb zu mieten, obwohl sie sich mitten in der Hauptsaison befanden.

Fenja hatte einen großen Picknickkorb dabei, in dem sich allerhand Leckereien befanden, die sie vom Frühstücksbüfett stibitzt hatte. Neben Paprikastreifen und Minitomaten gab es Orangenspalten und Apfelschnitze. Mit Käse und Wurst belegte Brötchen warteten darauf, verzehrt zu werden.

Bereits bei dem Gedanken daran lief Fenja das Wasser im Mund zusammen. Obwohl sie vorhin erst gefrühstückt hatte, bekam sie Lust, etwas aus dem Korb zu nehmen. Sie ermahnte sich dazu, nicht so gierig zu sein. Momentan war sie ohnehin pappsatt.

Irgendwie war es Finn gelungen, zwei Liegestühle zu organisieren. Fenja hatte keine Ahnung, wie er es geschafft hatte, sie in seinem Fiat unterzubringen. Doch im Grunde spielte das keine Rolle.

Mit einem wohligen Seufzen ließ sie sich in einen davon sinken und blickte auf ihre Freunde, die es sich im Strandkorb gemütlich gemacht hatten. Amüsiert bemerkte sie, dass Mareikes Nase ein Fleck Sonnencreme zierte, den sie wohl vergessen hatte, zu verreiben.

Dann blickte Fenja auf das Meer hinaus. Da gerade Ebbe war, tummelten sich einige Urlauber im Schlick. Vor allem die Kinder fanden großen Spaß daran, mit den Händen darin herumzuwühlen, woraufhin diese pechschwarz wurden. Ein paar besonders Wagemutige trauten sich bis zum ersten Priel, der auch jetzt mit Wasser gefüllt war.

Um die Touristen sorgte sich Fenja nicht, da der Priel sich recht nah am Ufer befand. Wenn die Flut kam, blieb ihnen noch genug Zeit, um zurückzukehren. Anders sah es mit den paar Menschen aus, die Fenja nur noch als kleine Punkte erkannte. Ihrer fachkundigen Meinung nach hatten sie sich viel zu weit hinausgewagt. Es blieb nur zu hoffen, dass sie rechtzeitig umkehrten.

Fenja wandte den Blick ab, da sie ohnehin nichts tun konnte. Sie setzte ihre Sonnenbrille auf, zog ihre Schirmmütze zurecht und schloss die Augen. Beinahe hätte sie wohlig gestöhnt.

Die Sonne schickte heiße Strahlen auf ihren Körper, doch Fenja schwitzte nicht, da der kräftige Seewind für angenehme Abkühlung sorgte. Da sie bereits gebräunt war und sich vorsorglich dick mit Sonnencreme eingerieben hatte, stand nicht zu befürchten, dass sie einen Sonnenbrand bekam.

Schläfrigkeit breitete sich in ihr aus. Mit halbem Ohr lauschte sie der Unterhaltung von Mareike und Finn. Das Stimmengewirr der Strandbesucher und das Kreischen der Möwen hörte sich seltsam gedämpft an.

Wenige Augenblicke später döste Fenja weg. Zum ersten Mal seit dem Desaster mit Arndt verfolgten sie keine wirren Träume.

Als sie zwei Stunden später erwachte, fühlte sie sich so erholt wie schon lange nicht mehr. Fenja rekelte sich genüsslich und bemerkte, dass sie einen Bärenhunger hatte. Es war definitiv an der Zeit, etwas zu essen.

»Na, gut geschlafen?« Finn bedachte sie mit einem liebevollen Blick. »Es sah jedenfalls danach aus.«

»Mhm. Sehr gut. Aber jetzt muss ich was essen.«

Da auch Mareike und Finn hungrig waren, stürzten sich

alle drei auf den Inhalt des Picknickkorbes. Fenja nahm sich ein Eibrötchen. In Windeseile verschlang sie es, bevor sie nach einem weiteren Brötchen griff; diesmal wählte sie eines mit Salami und Senf.

»Was hat dir denn eigentlich in Afrika am besten gefallen?«, fragte Mareike, bevor sie in ihr Brötchen biss, das mit Käse aus der Region belegt war.

Finn kratzte sich an der Nase. »Hm, das ist schwer. Ich kann euch gar nicht sagen, was ich am beeindruckendsten fand. Ein Highlight waren auf jeden Fall die Victoriafälle. Sie sind über einen Kilometer breit und mehr als einhundert Meter hoch. Der aufsteigende Wasserdampf versorgt übrigens den umliegenden Regenwald mit Wasser. Und man sieht durch ihn auch einen wunderschönen Regenbogen. Am schönsten war allerdings das zweite Mal, als ich dort war, und zwar bei Vollmond. Da habe ich einen Mondregenbogen gesehen, der wohl durch das Licht des Mondes entsteht.«

»Zauberhaft.« Mareike rieb sich über die Unterarme. »Allein bei dem Gedanken daran bekomme ich eine Gänsehaut.«

Verträumt blickte Fenja in den Himmel, wo kleine Wolken in raschem Tempo vorbeizogen. »Das hört sich traumhaft an«, sagte sie. »Meine Mutter hat mir als Kind erzählt, dass am Ende eines Regenbogens ein Schatz versteckt ist.« Sie lachte. »Jedes Mal, wenn ich einen gesehen habe, wünschte ich mir, ich könnte darauf laufen, um den Schatz zu bergen.«

»Ach ja, der berühmte Goldtopf eines Leprechauns.« Mareike schmunzelte. »Das hätte ich als Kind garantiert auch geglaubt. Leider hatte es meine Mutter nicht so mit dem Geschichtenerzählen.«

Mitfühlend verzog Fenja das Gesicht. Sie wusste, dass die Beziehung zwischen Mareike und ihrer Mutter nicht gerade die beste war. Seitdem Mareikes Vater die Familie verlassen hatte, war ihre Mutter nicht mehr dieselbe. In ihrer Trauer hatte sie sich zurückgezogen und niemanden mehr nah an sich herangelassen, was Mareikes Kindheit überschattete.

»Die Besteigung des Kilimandscharo hat sich auch absolut gelohnt«, fuhr Finn mit seinem Bericht fort. »Wir haben acht Tage dafür gebraucht, und es war zeitweise wirklich anstrengend. Aber das war es wert. Ich stand bei Sonnenaufgang auf dem höchsten Gipfel Uhuru Peak. Die Aussicht war grandios, und die Sonnenstrahlen haben sich im Schnee gespiegelt.«

»Da könnte ich fast neidisch werden«, sagte Mareike und boxte Finn leicht auf den rechten Oberarm. »Aber ich gönne es dir, keine Sorge.«

Mit gespielt schmerzverzogenem Gesicht rieb sich Finn

den Oberarm. Prompt erntete er einen weiteren Boxhieb, woraufhin er nur grinste. »Dafür, dass du es mir angeblich gönnst, bist du ganz schön rabiat.«

Fenja kicherte. »Wenn ich es nicht besser wüsste, würde ich denken, ihr seid ein Paar, so wie ihr euch ständig neckt.«

Gleichzeitig drehten Mareike und Finn ihre Köpfe zu Fenja und riefen: »Nie im Leben!«

Fenja kicherte erneut. »Ich wollte es ja nur mal gesagt haben.«

In gespielter Empörung drohte Mareike ihr mit einem Zeigefinger. »Du weißt schon, dass es manchmal besser für die Gesundheit ist, seine Gedanken für sich zu behalten?«

Auf ihre Worte mussten alle lachen.

»Jedenfalls war es ein unbeschreibliches Gefühl, nach dem harten Aufstieg die ersten Sonnenstrahlen des Tages auf meinem Gesicht zu spüren«, sagte Finn kurz darauf mit einem melancholischen Lächeln. »Auf Swahili bedeutet Uhuru übrigens Freiheit. Und ich kann euch sagen, dass ich mich absolut frei gefühlt habe, auf dem Gipfel des höchsten Bergs Afrikas zu stehen.«

»Das kann ich mir vorstellen«, sagte Fenja.

Wehmütig lächelnd zog er aus der Gesäßtasche seiner kurzen Hose sein Smartphone. Fenja sah, dass er zur Galerie scrollte. Er öffnete sie und hielt ihr das Handy hin.

»Willst du mal sehen?«, fragte er.

»Unbedingt.«

Mareike erhob sich, um sich zu Fenja auf den Liegestuhl zu setzen, die ihr bereitwillig Platz machte. Gemeinsam betrachteten sie die Fotos und Videos, die Fenja in eine andere Welt versetzten.

Als die Freundinnen alle angeschaut hatten, reichte Mareike das Smartphone an Finn weiter, der es in seiner Hosentasche verstaute. Sie selbst ließ sich neben ihn in den Strandkorb plumpsen.

»Jetzt habe ich Fernweh.« Fenja blickte zum Horizont.

Am liebsten hätte sie wie ein Vogel ihre Flügel ausgebreitet, um davonzufliegen. Weit weg von dem derzeitigen Chaos hier. Weg von Arndt, der sich als Blödmann entpuppt hatte. Und weg von Olafsson, damit er keine Gelegenheit mehr bekam, ihr das Leben schwerzumachen.

Allerdings würde dies auch bedeuten, dass sie ihre Freunde, ihre Mutter und Max und Moritz verlassen musste. Das wiederum wollte sie absolut nicht. Trotz aller momentanen Schwierigkeiten konnte sie sich mehr als glücklich schätzen, sie zu haben. Auf sie durfte sie immer zählen, und keiner würde sie jemals im Stich lassen.

Im Gegensatz zu Arndt, der sie nicht einmal einen einfachen Sachverhalt aufklären ließ. Nein, er zog es ja vor, sich wie ein beleidigter kleiner Junge zu verhalten. So etwas brauchte sie wirklich nicht in ihrem Leben.

Fenjas Verstand war ihrer Meinung, aber ihr Herz sagte leider etwas anderes. Irgendwie musste es ihr doch gelingen, die Gefühle für ihn abzustellen! Er war es nicht wert, dass sie ihm hinterhertrauerte. Ganz und gar nicht.

Meine Güte, jetzt dachte sie schon wieder an ihn! Das durfte echt nicht wahr sein. Ständig schlich er sich in ihren Kopf, so als wäre er ein Parasit, den sie nicht loswurde.

Plötzlich missmutig zog Fenja eine Grimasse und schnaubte. Ihre Mundwinkel schienen von der Schwerkraft angezogen, und ihre Stirn legte sich wie von selbst in Falten.

»Alarm!«, rief Finn. »Sie denkt an ihn! Mareike, wir befinden uns in einer Notlage und müssen schleunigst etwas tun.«

»Aye, aye, Sir!« Mareike warf Fenja einen Blick zu. »O nein, sie droht uns zu entgleiten! Nun ist rasches Handeln gefragt.«

Ob sie wollte oder nicht – Fenja musste lachen. »Ihr seid echt doof, wisst ihr das?«

Den Mund zu einem breiten Grinsen verzogen, klimperte Mareike mit den Wimpern. »Nur für dich, meine Liebe. Allein für dich.«

»Ich tue es ja nicht gern, aber dem muss ich zustimmen.« Finn duckte sich leicht, als ob er einen Schlag von

Mareike erwartete. Er erfolgte jedoch nicht, da sie ihm nur die Zunge herausstreckte.

»Hab ich euch eigentlich schon von meinem letzten Event erzählt?«, fragte sie.

Fenja und Finn schüttelten den Kopf.

»Diesmal war es eine recht kleine Veranstaltung. Es war eine Tagung von irgendwelchen Werbeleuten, also kein Aufwand, das alles zu organisieren.«

»Okay«, sagte Fenja. Sie drehte sich auf die Seite und stützte den Kopf auf einem Ellbogen ab. »Das klingt jetzt nicht gerade spektakulär.«

»War es eigentlich auch nicht. Trotzdem habe ich Tränen gelacht.«

Neugierig blickte Finn sie von der Seite an. »Wieso? Was ist passiert?«

»Na ja. Es gab da so einen Kerl, der eine PowerPoint-Präsentation gemacht hat. Alles habe ich nicht mitbekommen, weil ich noch etwas mit den Caterern zu besprechen hatte. Aber was ich mitbekommen habe, war Gold wert.«

»Dann mal raus mit der Sprache«, sagte Fenja. »Spann uns nicht so auf die Folter.«

»Also, es war so: Als ich in den Tagungsraum kam, war die Präsentation bereits in vollem Gange. Alle lauschten interessiert. Ich wollte schon wieder gehen, als auf einmal alle Teilnehmer in Gelächter ausbrachen. Inklusive des Dozenten.« Bevor sie weitersprach, machte Mareike eine dramatische Pause, wofür sie strafende Blicke von Fenja und Finn erntete, die sie gekonnt ignorierte. »Auf der Folie, die gerade geöffnet war, stand: *Es empfiehlt sich, dies in die engere Wal zu ziehen.*« Mareike grinste. »Versteht ihr? Er hat Wahl ohne h geschrieben.«

Fenja und Finn lachten.

»Und was ist dann passiert?«, fragte Finn.

»Tja, dann kam ein Anruf vom Caterer und ich musste noch mal kurz raus. Zum Glück hat es nur wenige Minuten gedauert, sonst hätte ich den Rest nicht mitbekommen. Ich musste mich nur kurz darum kümmern, dass es beim …«

Fenjas Aufmerksamkeit schweifte einen Moment ab. Als sie auf den kleinen Uferweg blickte, der sich schwerlich als Promenade bezeichnen ließ, erkannte sie Arndt, der ihn mit gesenktem Kopf entlangging. Bei seinem Anblick zog sich ihr Herz schmerzhaft zusammen, und ihre gerade noch empfundene Erheiterung löste sich binnen Bruchteilen einer Sekunde in nichts auf.

Ihm wollte Fenja wirklich nicht begegnen. Er würde sie ohnehin wieder nur mit Nichtachtung strafen. Nein, heute war sie hier am Strand, um sich abzulenken, sich zu erholen und etwas Spaß zu haben.

Mareike beugte sich vor und schnippte dreimal mit Daumen und Mittelfinger ihrer linken Hand vor Fenjas Gesicht herum. »Hier spielt die Musik«, sagte sie. »Und ja, ich habe ihn auch gesehen. Aber das ist jetzt egal. Ich habe nämlich noch mehr auf Lager.« Sie kicherte. »Keine Ahnung, was mit dem Typen los war, der die Präsentation geschrieben hat. Vielleicht war er betrunken oder so.«

»Ist ja gut.« Mühsam zwang sich Fenja, ihre Aufmerksamkeit auf Mareike zu richten. »Ich bin ganz Ohr, versprochen.«

»Sehr gut.« Mareike nickte nachdrücklich. »Jedenfalls, als ich in den Tagungsraum kam, lachten gerade alle schon wieder, und der Dozent griff sich an den Kopf. Natürlich habe ich sofort auf die Folie geschaut, und was stand da? *Das ist die geeignete Blattform für einen Internetauftritt.* Also Plattform mit b. Ich sag's euch, dann war es vorbei mit der Ernsthaftigkeit.«

Sofort brach Fenja in schallendes Gelächter aus, in das ihre Freunde einfielen. Was der Werbemensch da abgeliefert hatte, war zwar alles andere als professionell, dafür aber umso witziger.

In Fenja musste irgendein Damm gebrochen sein – oder auch alle Dämme –, denn sie konnte nicht mehr aufhören zu lachen. Hilflos rang sie nach Luft und versuchte, sich irgendwie zu beruhigen.

Mareike und Finn waren längst verstummt. Nur am Rande bekam Fenja mit, dass die beiden sie amüsiert betrachteten. Sie selbst wusste gar nicht, was sie daran so dermaßen lustig fand, doch das war jetzt auch nicht von Bedeutung.

Es hatte etwas Befreiendes, einfach einmal wieder herzhaft zu lachen, obwohl ihr längst der Bauch wehtat und sie sich die Seiten hielt. Inzwischen hatte sie sich auf den Rücken gedreht und halb aufgerichtet, um wenigstens einigermaßen atmen zu können.

»Schön, dass du dich so amüsierst«, hörte Fenja plötzlich hinter sich eine Stimme, die sie sofort als die von Arndt identifizierte.

Schlagartig wurde sie ernst. Schneller war ihr das Lachen noch nie vergangen. Sie richtete sich ganz auf und drehte sich halb um.

Arndt stand mit eindeutig verächtlichem Gesichtsausdruck da und musterte sie finsteren Blickes. »Und ich Depp habe wirklich geglaubt, unsere Küsse hätten etwas bedeutet«, spie er förmlich aus und schüttelte den Kopf.

Ohne eine Antwort abzuwarten, drehte er sich um und stapfte davon. Seine angespannte Haltung zeigte deutlich seinen Ärger, was in Fenja eine plötzliche, schier unendliche Wut aufsteigen ließ.

»Idiot!«, schrie sie ihm hinterher. »Auf so Leute wie dich kann ich gut verzichten!«

Fenjas gute Stimmung hatte sich in Luft aufgelöst. Fast hätte sie angesichts der gemeinen Worte Arndts sogar angefangen zu weinen, doch sie schaffte es, die Tränen zurückzudrängen.

Als Mareike ansetzte, etwas zu sagen, hob Fenja eine Hand. »Jetzt nicht bitte.«

»Okay. Aber du weißt, dass Finn und ich immer für dich da sind.«

»Das weiß ich.« Fenja nickte. »Dafür bin ich euch auch mehr als dankbar.«

Mareike blickte sie streng an. »Jetzt werd nicht sentimental. Das hätte uns gerade noch gefehlt!«

Damit brachte sie Fenja trotz ihres Ärgers zum Schmunzeln. »Keine Sorge.«

***

Als Fenja an diesem Abend im Bett lag, stieg erneut Wut in ihr hoch. Es wollte ihr einfach nicht in den Kopf, warum Arndt sich ihr gegenüber so verhielt. Die einzige Erklärung war, dass sie ihn komplett falsch eingeschätzt hatte. Vermutlich war es dringend an der Zeit, an ihrer Menschenkenntnis zu arbeiten.

Auch die Situation mit Olafsson setzte ihr immer mehr zu. Selbst wenn es ihr irgendwie gelang, ihn zu stoppen, hatte ihre Arbeit nun einen schalen Beigeschmack bekommen. Es ließ sich ja nicht vermeiden, dass sie ihm begegnete. Dagegen konnte sie nichts machen.

Für Fenja hatte es den Anschein, dass die komplette Männerwelt verrückt geworden war. Abgesehen von Finn natürlich. Ansonsten schien sich jeder Mann in den Kopf gesetzt zu haben, gemein zu ihr zu sein und zu versuchen, sie zu ärgern.

Wenigstens hatten ihr einige ehemalige Teilnehmer zugesichert, sie in Bezug auf Olafsson zu unterstützen. Nun war es an der Zeit, ihn anzuzeigen und zu versuchen, ihm damit das Handwerk zu legen.

Nach einem tiefen Seufzer drehte sie sich auf die linke Seite und schloss die Augen. Da das Ganze momentan ohnehin nicht zu ändern war, konnte sie genauso gut versuchen, zu schlafen. Am besten, sie stürzte sich in Arbeit. In ihrem Häuschen und auf ihrem YouTube-Kanal gab es noch genug zu tun. Wenn es komplett eingerichtet und sie eingezogen war, würde es ihr sicher besser gehen.

In den nächsten Tagen setzte Fenja ihr Vorhaben in die Tat um. Gemeinsam mit Finn und Mareike schuftete sie in jeder freien Sekunde. Sie bauten die inzwischen gelieferten Möbel zusammen, putzten und dekorierten.

Stolz blickte sich Fenja im Wohnzimmer um. Der offene Kamin glänzte wie neu, und die schwarzen Möbel wirkten ganz hervorragend im mintgrün gestrichenen Raum. Schon jetzt sah sie sich im Winter mit einer Tasse Tee vor dem flackernden Feuer auf der riesigen grauen Couchlandschaft sitzen.

Das würde einfach nur großartig werden. Sicher kamen Finn und Mareike des Öfteren vorbei. Dann konnten sie es sich gemeinsam gemütlich machen.

Fenja riss sich von dem Anblick los, denn es gab noch viel zu tun. Als Nächstes begann sie damit, das Gästezimmer auf Hochglanz zu polieren. Auch das Badezimmer vertrug noch eine Grundreinigung.

Daher straffte sie den Rücken und begab sich erneut an die Arbeit. Bereits nach kurzer Zeit lief ihr der Schweiß an den Schläfen herunter, doch sie verlangsamte ihr Tempo nicht. Sie wollte unbedingt heute fertig werden.

»Geschafft!«, rief Finn, als sie ihr Werk vollendet hatten, und reckte beide Daumen in die Luft.

»Dass ich das noch erleben darf.« Zufrieden rieb sich Mareike die Hände. »Ich muss sagen, es ist echt schön geworden. Am liebsten würde ich selbst hier einziehen.«

»Nichts da.« Fenja boxte sie leicht auf den Oberarm. »Das lässt du schön bleiben. Besuchen darfst du mich natürlich jederzeit.«

»Das will ich auch schwer hoffen.«

»Wisst ihr, was wir jetzt tun?«, fragte Finn und blickte von einer zur anderen.

»Nein, aber du wirst es uns sicher gleich sagen«, erwiderte Mareike mit zur Seite geneigtem Kopf.

»Wir holen uns ein Bier aus dem Kühlschrank und setzen uns in den Garten. Das haben wir uns redlich verdient.«

Wenig später nahmen sie auf den Rattanmöbeln Platz. Fenja streckte die übereinandergeschlagenen Beine aus und legte den Kopf in den Nacken. Für einen Moment schloss sie die Augen.

Endlich war ihr Häuschen fertig, und bessere Zeiten konnten kommen. Das mussten sie einfach und würden sie auch, solange Fenja nur stark genug daran glaubte.

»Hat sich Arndt inzwischen eigentlich wieder eingekriegt?«, wollte Mareike wissen, bevor sie einen Schluck Bier nahm.

Fenja schnaubte. »Das glaubst du doch selbst nicht. Gerade habe ich sowieso keine Lust, ihn zu sehen.«

»Verständlich«, sagte Finn und schüttelte den Kopf. »Es ist echt seltsam, wie der Typ sich verhält. Wobei ich ja immer noch glaube, dass mehr dahinterstecken muss.«

»Was sollte dahinterstecken?«, fragte Fenja. »Das ist alles reine Spekulation.« Eine Sekunde später winkte sie ab.

»Ach, wisst ihr, im Grunde genommen will ich es gar nicht mehr wissen.«

Noch während sie redete, fragte sie sich, ob das der Wahrheit entsprach. Als sie die eindringlichen Blicke ihrer Freunde auf sich spürte, wusste sie, dass sie ebenfalls daran zweifelten.

»Irgendwie muss das doch rauszufinden sein.« Nachdenklich tippte sich Mareike an die Nasenspitze. »Am einfachsten wäre wirklich, wenn ich mal mit ihm rede. Gegen mich kann er ja nichts haben.«

»Bist du dir da so sicher? Ich glaube eher, dass er auch was gegen dich hat. Bestimmt denkt er, dass du mich gedeckt hast. Damit meine Beziehung …«, Fenja machte mit ihren Zeige- und Mittelfingern imaginäre Anführungszeichen in der Luft, » … auf gar keinen Fall herauskommt.«

»Na ja, versuchen kann ich es mal.«

»Nein.« Fenja schüttelte den Kopf. »Wenn er nicht in der Lage ist, mit mir zu sprechen, ist das ganz allein sein Problem. Und ich werde sicher nicht meine beste Freundin vorschicken, um ihn anzubetteln, mir wenigstens kurz zuzuhören.«

»So würde ich natürlich nicht vorgehen. Glaub mir, ich bin durchaus in der Lage, strategisch zu handeln.«

»Das weiß ich. Trotzdem ist es keine Option.« Nach einem energischen Kopfschütteln trank Fenja einen

Schluck Bier. »Es tut zwar noch weh, aber das wird irgendwann aufhören. Über Axel bin ich ja auch hinweggekommen.«

Allerdings hatte es sich während ihrer ganzen Beziehung zu ihm nicht so richtig angefühlt wie in der Zeit mit Arndt. Die Zeit, in der er sich noch nicht wie ein absoluter Mistkerl aufgeführt hatte.

Vielleicht sollte sie nach seiner Rückkehr doch noch einen Versuch starten, mit ihm zu reden. Es konnte ja wirklich sein, dass ihre Freunde recht hatten und mehr dahintersteckte. Womöglich verbarg Arndt ein finsteres Geheimnis, von dem er keinesfalls wollte, dass es ans Licht kam.

Wenig später tat Fenja dies als Wunschdenken ab. Was für ein Geheimnis sollte dafür verantwortlich sein, dass er ihr keine Gelegenheit gab, die Sache zwischen ihnen zu klären?

Nein, sie war ihm nicht einmal genug wert, eine einfache WhatsApp zu lesen. Es half alles nichts: Irgendwie musste sie es schaffen, ihn zu vergessen. Egal, wie schwer es war, und egal, wie lange es dauerte.

Kapitel 11

Bereits am übernächsten Tag hatten Mareike und Fenja das erste Wattwanderungsvideo im Kasten. Zusammen hatten sie auch das Kanal-Intro gedreht. Mareike hatte ihr ein zauberhaftes Logo zugeschickt. Es zeigte eine stilisierte Möwe, die auf einem Holzpfahl saß.

Als Fenja alles hochgeladen hatte, stieg Hoffnung in ihr auf. Wenn alles gut ging, würde ihr der Kanal enorm dabei helfen, ihren guten Ruf zu bewahren.

Inzwischen fühlte sie sich unwohl, wenn sie mit ihrem Fahrrad in Tossens in die Straße einbog, auf der ihr Verkaufshäuschen stand. Da Olafsson wusste, wann sie ungefähr vorbeikam – er musste sich schließlich ebenfalls an die Gezeiten halten –, ließ er es sich nicht nehmen, ihr jedes Mal eine Unfreundlichkeit nachzurufen.

Dies reichte von »Gib endlich auf« bis »Zu dir will sowieso keiner«. Er schien sich seiner Sache so sicher zu sein, dass er sich nicht einmal mehr dazu herabließ, sie höflicherweise zu siezen.

Sie hatte ein letztes Mal versucht, mit ihm zu reden, in der Hoffnung, ihn zur Vernunft zu bringen. Jedoch vergeblich. Nach wie vor bestand er darauf, nicht für die schlechten Rezensionen verantwortlich zu sein. Laut ihm hatte sie sich diese allein selbst zuzuschreiben.

Derweil hatte Google einige der hetzerischen Bewertungen gelöscht, doch bei Weitem nicht alle. Wie Arndt befürchtet hatte, kamen auch immer neue hinzu. Daher würde sie direkt nach der Wattwanderung zur Polizei gehen. Die von ihr kontaktierten Teilnehmer konnten zwar keine Beweise liefern, waren jedoch bereit, sich für ihren guten Leumund auszusprechen.

Als Fenja an ihrem Verkaufshäuschen ankam, hatte sich eine kleine Menschentraube darum gebildet. Das war ungewöhnlich, da sie jeden Tag die unterschiedlichen Öffnungszeiten im Internet und am Türaushang aktualisierte. Hatte sie es diesmal wegen ihrer Grübelei um Arndt etwa vergessen? Nein, das konnte nicht sein.

Verwundert stieg sie vom Fahrrad. Nach einem freundlichen Gruß schloss sie es hinter dem Häuschen an. Hoffentlich hatten die meisten reserviert, ansonsten würde sie die Leute wegschicken müssen, da nur noch zwei Plätze in der Gruppe frei waren. Vor ihrer Tür standen jedoch fünf Personen.

»Lassen Sie mich nur kurz aufschließen, dann bin ich für Sie da.« Sie lächelte die Wartenden an, bevor sie sich anschickte, ihr Schlüsselbund aus der Hosentasche zu ziehen.

»Fenja, wir müssen mit dir reden«, sagte eine Frau mit braunen Locken, die Fenja als Teilnehmerin ihrer letzten Tour erkannte, weswegen sie sie auch duzte.

Als sie sich die übrigen Personen anschaute, sah sie, dass auch diese an der letzten Wattwanderung teilgenommen hatten. Ein Schrecken fuhr durch ihre Glieder.

Waren sie etwa gekommen, um sich bei ihr zu beschweren? Hatten die schlechten Rezensionen bereits insoweit Früchte getragen, dass sie es nicht einmal mehr durch qualitativ hochwertige Wattwanderungen wettmachen konnte?

»Worüber denn?«, zwang sie sich zu fragen, wobei sie inständig hoffte, sich mit ihrer Befürchtung zu irren. Wundern würde sie sich allerdings nicht. Es kam ja bekanntlich immer alles auf einmal.

»Wir gehören zu einer Reisegruppe und haben mitbekommen, dass dieser andere Wattführer dich schlechtmacht«, sagte ein hochgewachsener Mann mit Schnurrbart zu ihrer unendlichen Erleichterung und zeigte Richtung Olafssons Geschäft.

»Ganz genau«, stimmte ihm die Lockenhaarige zu. »Wir alle hier haben gesehen und gehört, wie er über dich abgelästert hat. Er hat jedem, der vorbeikam und zugehört hat, erzählt, dass deine Wattführungen inkompetent wären und man auf keinen Fall bei dir buchen soll.«

»Bei mir hat er es sogar persönlich versucht.« Einer älteren Dame sprach die Empörung förmlich aus dem Blick. »Dem habe ich etwas Saftiges dazu gesagt, das kannst du mir glauben.«

Die anderen nickten zustimmend. Auch sie waren wohl in den zweifelhaften Genuss von Olafssons Anfeindungen Fenja gegenüber gekommen.

Dankbar lächelte Fenja die ältere Dame an. »Das ist lieb von dir.«

»Du musst unbedingt etwas dagegen unternehmen«, sagte sie in eindringlichem Ton. »Das ist reinster Rufmord, was der Kerl da betreibt.«

Der hochgewachsene Mann mit dem Schnurrbart nickte. »Du musst ihn unbedingt anzeigen, daran führt kein Weg vorbei. Und wir alle sind hier …« Er machte eine ausschweifende Geste. »Damit du dir unsere Namen, Adressen und Telefonnummern notieren kannst. Sollte es nötig sein, werden wir gegen ihn aussagen.«

Vor Rührung traten Fenja die Tränen in die Augen, die sie rasch zurückblinzelte. Wortreich bedankte sie sich bei ihren persönlichen Helden, die es ihr ermöglichten, mit handfesten Beweisen gegen Olafsson vorzugehen.

Die nächsten Minuten verbrachte sie damit, sich die Anschriften der Anwesenden aufzuschreiben. Nach ihrer Wattführung würde sie alles direkt der Polizei übergeben.

Nun hatte sie eine echte Chance, dem Ganoven das Handwerk zu legen.

Schön würde es auch in Zukunft nicht werden, fast täglich an seinem Verkaufshäuschen vorbeifahren zu müssen. Vermutlich würde er sie weiterhin beleidigen, dies höchstens als persönliche Meinung tarnen, damit Fenja ihn nicht dafür belangen konnte.

Doch er würde damit aufhören müssen, sie vor anderen Gästen schlechtzumachen. Und die negativen Rezensionen würden verschwinden, sofern ihm die Polizei etwas nachweisen konnte. Dafür erwartete ihn eine saftige Geldstrafe, die ihm künftig hoffentlich Einhalt gebot.

Drei Stunden später stand Fenja vor der Polizeiwache und atmete ein paar Mal durch. Sie würde das jetzt durchziehen, komme, was wolle. Während sie sich innerlich Mut zusprach, öffnete sie die Tür. Ein Polizeibeamter saß hinter einem Schalter und lächelte sie freundlich an.

»Guten Tag«, sagte er. »Was kann ich für Sie tun?«

Fenja holte tief Luft. »Ich möchte jemanden anzeigen.«

***

Es dauerte nur wenige Tage, bis Fenja in der Pension Besuch von zwei Beamten erhielt. Dank der Zeugenaussagen waren die Ermittlungen schnell verlaufen, was die üble Nachrede anbetraf. Dafür würde Olafsson belangt werden.

Da er jedoch auch der Polizei gegenüber felsenfest leugnete, etwas mit den schlechten Rezensionen zu tun zu haben, konnte sie diesbezüglich erst einmal nichts unternehmen. Doch die Beamten versprachen, an der Sache dranzubleiben.

»Wir werden ihm schon noch das Handwerk legen«, sagte einer der Polizisten und lächelte Fenja aufmunternd zu. »Sie werden sehen, auch dieser Spuk wird sehr bald vorbei sein.«

»Ich weiß gar nicht, wie ich Ihnen danken soll.« Ein riesiger Felsbrocken fiel Fenja vom Herzen.

Sollte es wirklich möglich sein, dass ihre Anzeige etwas gebracht hatte? Sie hoffte es inständig. Zumindest dieser Teil ihres Lebens schien langsam wieder in normalen Bahnen zu verlaufen.

In Bezug auf Arndt blieb die Stimmung allerdings weiterhin mehr als eisig. Jedes Mal, wenn er Fenja sah, murmelte er einen Gruß, machte aber keine weiteren Anstalten, mit ihr zu sprechen.

Inzwischen hatte sich Fenja mit der Situation abgefunden. Sie unternahm weder einen erneuten Versuch, mit ihm zu sprechen, noch setzte sie sich zu ihm an den Frühstückstisch. Es fiel ihr zwar sehr schwer, doch sie dachte sich, dass ein Ende mit Schrecken besser wäre als ein Schrecken ohne Ende.

Mareike hatte ihr nochmals angeboten, mit Arndt zu sprechen, was sie ablehnte. Wenn er ihr nur aufgrund eines Missverständnisses derart kaltherzig gegenübertrat, war es besser, die ganze Sache auf sich beruhen zu lassen.

Auch an diesem Tag frühstückte sie allein. Ihrer Mutter war dies natürlich aufgefallen. Auf ihre entsprechende Frage hin, was denn vorgefallen sei, hatte Fenja nur abgewinkt. Zum Glück akzeptierte Astrid es, ohne weiter nachzuhaken, wofür ihr Fenja dankbar war.

Sie verspürte nicht die geringste Lust, zurzeit über Arndt zu sprechen. Lieber konzentrierte sie sich auf ihr Häuschen, das derweil fast fertig eingerichtet war. Fenja hatte sogar bereits begonnen, einige ihrer Sachen nach *Haus Meerestraum* zu transportieren und einzuräumen.

Aus dem Augenwinkel erkannte Fenja, dass Arndt vom Frühstückstisch aufgestanden war. Er sah zu ihr, kam jedoch nicht zu ihr herüber. Als sie sich sicher war, dass er ihr den Rücken zugedreht hatte, warf sie ihm einen Blick zu.

In ihr stieg leise Trauer darüber auf, dass es so gelaufen war. Ganz entgegen ihrem festen Wunsch, erst einmal allein zu bleiben, hatte Arndt sich in ihr Herz geschlichen. Sie hatte sogar angefangen, zu glauben, dass aus ihnen wirklich etwas Ernsthaftes werden könnte.

Unwillig schüttelte Fenja die Gedanken ab und schnaubte leise. Wenn er nicht wollte, dann sollte er es eben lassen. Sie fragte sich nur, warum er immer noch in der Pension wohnte. Wollte er ihr dadurch zeigen, dass ihm das alles nichts ausmachte? Oder stand ihm der Sinn danach, sie zu ärgern?

Vermutlich Ersteres, da er ja ohnehin dachte, dass Finn und sie eine Beziehung führten. Der Mann hatte echt keine Augen im Kopf, wenn ihm nicht auffiel, dass Finn und sie nur gute Freunde waren. Nun, es war nicht zu ändern.

Fenja widmete ihre Aufmerksamkeit wieder ihrem Frühstück. In den letzten Tagen hatte sie zwar keinen rechten Appetit, doch sie musste essen, wenn sie bei Kräften bleiben wollte. Lustlos biss sie in ihr Brötchen und kaute schnell.

»Kann ich kurz mit dir reden?«, erklang eine Stimme, die sie sofort als die von Arndt erkannte.

Erstaunt blickte sie hoch und registrierte, dass sich eine jähe Hoffnung ihres Herzens bemächtigt hatte. Als sie versuchte, das Gefühl zu unterdrücken, weigerte es sich standhaft.

»Wie komme ich zu dieser Ehre?«, fragte sie betont schnippisch. »Du hast mir mehr als deutlich gemacht, dass es seit Neuestem unter deiner Würde ist, mit mir zu sprechen.«

»Ich erkläre es dir gleich, okay? Darf ich mich kurz setzen?«

Als Antwort nickte Fenja knapp. Der vernünftige Teil in ihr wusste zwar, dass es keine gute Idee war, aber ihre Neugier siegte. Neugier und diese dämliche Hoffnung, die sie immer noch nicht unterdrücken konnte.

Nachdem er auf dem Stuhl ihr gegenüber Platz genommen hatte, schaute er ihr kurz in die Augen. Er senkte den Blick und betrachtete seine Hände, als gäbe es dort etwas Interessantes zu entdecken.

Ungeduldig wartete Fenja darauf, dass er etwas sagte, doch er schwieg. »Willst du nun mit mir reden oder nicht?«, fragte sie.

»Ja, aber das ist nicht so leicht. Weißt du, ich habe draußen gerade Mareike und Finn gesehen.«

Fenja blickte sich suchend um. »Wo sind die beiden denn? Sie können nur zu mir gewollt haben.«

»Als sie mich gesehen haben, steckten sie kurz die Köpfe zusammen und sind dann ganz schnell verschwunden«, sagte Arndt und seufzte. »Ich kann ihnen nicht verdenken, dass sie keinen Kontakt mehr zu mir haben wollen.«

»Sie werden ihre Gründe gehabt haben, nicht zu mir reinzukommen.« Fenja hatte zwar keine Ahnung, welche das sein könnten, doch sie würde die beiden später einfach fragen. Im Gegensatz zu Arndt hatten sie keine Probleme, mit ihr zu sprechen, so viel war schon mal sicher.

»Das ist jetzt auch nicht wichtig. Wichtig ist …« Arndt brach ab und schwieg einen Augenblick, bevor er erneut ansetzte. »Wichtig ist, dass ich gesehen habe, wie sich die beiden begrüßten.«

»Mhm«, machte Fenja, die kein Wort verstand. »Und was möchtest du mir damit sagen?«

»Na ja … sie haben … sich auf den Mund geküsst und wirkten sehr vertraut.«

Aha, daher wehte also der Wind. »Ja, und?«, fragte Fenja. »Das ist nichts Ungewöhnliches. So etwas tun gute Freunde, auch wenn du es dir nicht vorstellen kannst. Oder willst du den beiden etwa unterstellen, dass sie ein Verhältnis haben und Finn mich betrügt? Der ja angeblich mein Liebhaber ist.«

Abwehrend hob Arndt beide Hände. »Um Himmels willen. Mir ist in diesem Augenblick nur klar geworden, dass ich dir mit meiner Unterstellung unrecht getan habe. Dafür möchte ich mich bei dir entschuldigen.«

Endlich hob Arndt wieder den Kopf und sah Fenja an. In seinem Blick erkannte sie aufrichtige Reue und unendliche Verlegenheit. Anscheinend tat es ihm wirklich leid, sie eines falschen Spiels verdächtigt zu haben. Ihr Herz gestattete sich einen kleinen, vorsichtigen Hüpfer.

»Du glaubst, du kannst mir irgendwelche abstrusen Sachen unterstellen, mich verletzen, meine Versuche, mit dir zu reden, ignorieren, und dann ist es mit einer bloßen Entschuldigung getan?« Während sie sprach, war Fenja immer lauter geworden. Bevor sie sich noch völlig in Rage redete, holte sie tief Luft.

»Nein, natürlich nicht«, sagte Arndt und seufzte erneut. »Mir ist klar, wie idiotisch ich mich verhalten habe. Das Einzige, was ich jetzt noch tun kann, ist, dich so lange um Verzeihung zu bitten, bis du mir vergibst.«

»Es wäre hilfreich gewesen, wenn du mir einfach geglaubt hättest. Dadurch wäre das alles problemlos zu verhindern gewesen.«

»Ich weiß.« Arndt verzog das Gesicht zu einer zerknirschten Grimasse. »Vermutlich ist der Leibhaftige höchstpersönlich in mich gefahren.«

»Zumindest hatte es ganz den Anschein.«

»Als ich euch gesehen habe, hat mich eine unbändige Wut überkommen, die ich nicht losgeworden bin. Jedes Mal, wenn ich mich wieder etwas beruhigt hatte, ist mir meine Ex-Freundin eingefallen.«

Verwundert blickte Fenja ihn an. »Was hat deine Ex-Freundin denn mit der Sache zu tun? Sie habe ich jedenfalls nicht geknutscht.«

Arndt lächelte leicht. »Natürlich nicht. Aber sie hat mich

die ganze Zeit während unserer Beziehung belogen und betrogen. Und ich Idiot habe nichts davon bemerkt. Ich habe ihr sogar einen Antrag gemacht, den sie auch noch angenommen hat. Stell dir mal vor, ich hätte sie geheiratet. Dann hätte sie mich für den Rest meines Lebens betrogen.« Er seufzte. »Jedenfalls … Als ich es endlich herausgefunden und Schluss gemacht habe, schwor ich mir, mich so schnell nicht mehr zu verlieben. Am besten gar nicht mehr. Dann kamst du, und alle meine Vorsätze waren dahin.«

Kurz stockte Fenja der Atem. Sie hatte leichte Probleme, seinen plötzlichen Stimmungswechsel zu verdauen. Eben noch hatte sie gedacht, dass sie nie wieder miteinander sprechen würden, und jetzt gestand er ihr seine Gefühle?

»Warum hast du mir nicht einfach geglaubt?«, fragte sie leise.

»Das liegt daran, dass Angela mich ständig angelogen hat. Von Anfang an, wie ich schon erzählt habe. Sie wollte mir nicht einmal die Wahrheit sagen, als ich herausfand, dass sie mich betrogen hat.«

Mitgefühl stieg in Fenja auf. Das klang ein wenig nach ihrer eigenen Geschichte. Manche Menschen waren einfach Mistmaden, daran gab es nichts zu rütteln.

»Wie hast du es denn herausgefunden?«

»Ich habe sie ganz klassisch mit einem Liebhaber in flagranti in ihrer Wohnung ertappt.«

Fenja verzog das Gesicht. »Das muss schrecklich gewesen sein.«

»O ja, das war es. Vor allem, als sie dann noch versucht hat, mir weiszumachen, dass da eigentlich überhaupt nichts laufen würde. Als ob ich nicht gesehen hätte, was sich direkt vor meiner Nase abspielte!« Arndt schüttelte den Kopf. »Unglaublich, wenn ich so darüber nachdenke. Jedenfalls habe ich später von zwei ihrer Bekannten erfahren, dass sie mich nicht das erste Mal betrogen hatte. Wenn ich mit ihr zusammengeblieben wäre, sicher auch nicht das letzte Mal.«

»Das tut mir leid für dich«, sagte Fenja.

Über den Tisch hinweg streckte sie ihm eine Hand hin. Sofort ergriff er sie und streichelte sanft über ihren Handrücken. Dabei schien er unendlich erleichtert, ganz so, als könnte er es nicht glauben, dass sie ihm eben die Bereitschaft gezeigt hatte, ihm zu verzeihen.

»Du bedeutest mir wirklich etwas, und ich habe mich ernsthaft in dich verliebt.« Arndt hob ihre Hand und drückte einen sanften Kuss darauf. »Und ich hoffe sehr, dass du mir mein idiotisches Benehmen irgendwann vergeben kannst.«

»Aber nur, wenn du mir versprichst, mir von jetzt an zu vertrauen.«

»Ich gebe mein Bestes. Was ich dir jedoch hundertprozentig verspreche: Wenn es etwas zu klären gibt, werde ich immer das Gespräch suchen.«

»Das ist ein guter Anfang. Ach ja, wo wir gerade dabei sind«, sagte Fenja und lächelte ihn an, während pures Glück sie durchströmte. »Ich habe mich auch in dich verliebt.«

»Etwas Schöneres hättest du mir nicht mitteilen können. Du verzeihst mir also?«

Fenja zwinkerte ihm zu. »Wir werden sehen.«

»Was kann ich tun, um dich vollends zu überzeugen?«, fragte Arndt. Ein leises Lächeln umspielte seine Lippen, als er ihr in die Augen blickte.

»Du könntest mich küssen.«

Sofort stand Arndt auf und ging um den Tisch herum. Er hockte sich vor Fenja und ergriff ihre Hände. Langsam zog er sie näher zu sich, bis ihre Nasenspitzen sich fast berührten.

Arndt neigte den Kopf ein wenig und drückte Fenja einen sanften Kuss auf die Lippen, den sie nur zu gern erwiderte. Sie schloss die Augen und gab sich ganz ihren Gefühlen hin. Überdeutlich spürte sie seine Lippen auf den ihren, und ihr entwich ein leiser, unwillkürlicher Seufzer.

Als sie sich voneinander lösten, berührte Arndt liebevoll Fenjas Wange. Glücklich schmiegte sie ihr Gesicht an ihn, wobei sie seine Berührung genoss.

Wenig später stand Arndt auf und setzte sich wieder auf seinen Stuhl. »Und, hat es geklappt?«, fragte er.

Fenja grinste. »Aber so was von.«

»Dann bin ich ja beruhigt.«

»Ich muss dir übrigens auch noch was erzählen«, begann Fenja.

»Sag nicht, du hast doch einen anderen«, antwortete Arndt in gespielt verzweifeltem Ton.

»Idiot.« Fenja lachte. »Nein, natürlich nicht. Es geht um meinen Ex-Freund. Er ist der Grund, warum ich manchmal misstrauisch auf Männer reagiere. Eigentlich wollte ich mich nämlich auch nicht mehr verlieben.«

Ausführlich berichtete sie Arndt, was Axel ihr angetan hatte. Während sie sprach, wurde seine Miene immer finsterer, doch er unterbrach sie nicht.

Als sie geendet hatte, schlug er mit einer Faust auf den Tisch. »Dieser Kerl sollte mir nicht unter die Augen kommen!«

Fenja winkte ab. »Lass nur. Inzwischen bin ich über ihn hinweg. Sich jetzt noch darüber aufzuregen, macht nur schlechte Laune.«

»Du hast recht.«

In diesem Moment trat Astrid an ihren Tisch. »Na, endlich habt ihr es geschafft, ihr beiden«, sagte sie grinsend. »Ich habe schon geglaubt, intervenieren zu müssen. Du hast dich zwar nicht gerade mit Lorbeeren bekleckert ...«, mit schief gelegtem Kopf richtete sie einen Zeigefinger auf Arndt, »... aber Fenja-Giesberta kann auch ganz schön stur sein.«

»Fenja-Giesberta?«

Halb amüsiert, halb verzweifelt über ihre Mutter, verzog Fenja das Gesicht. »Frag einfach nicht«, sagte sie an Arndt gewandt.

Kapitel 12

Drei Wochen später saß Fenja in einem kleinen Café in Bremerhaven. Hier wollte sie sich mit Arndt treffen, der heute an Land ging und ein paar Tage freihatte. Ihr Plan sah vor, noch einige Kleinigkeiten für Fenjas Häuschen zu besorgen.

Ungeduldig trommelte sie mit den Fingerspitzen auf dem Tisch herum. Sie konnte es kaum erwarten, dass Arndt endlich auftauchte. Vor wenigen Minuten hatte er sie angerufen, um ihr mitzuteilen, dass es etwas später werden würde. Beim Anlegen der *ML Diamond* war es zu Verzögerungen gekommen.

Mit gesenktem Kopf nahm sie einen Schluck von ihrem Kaffee, inzwischen ihrer zweiten Tasse. Als jemand dreimal mit den Fingerknöcheln auf den Tisch klopfte, blickte sie auf. Vor Überraschung wäre ihr beinahe die Kinnlade heruntergeklappt.

Wer da vor ihr stand, war Axel, der sie angrinste. Sofort fiel ihr auf, dass er nicht gut aussah. Er hatte mehrere Kilogramm abgenommen und wirkte nicht mehr kräftig, sondern etwas eingefallen, vor allem im Gesicht.

»Schön, dich zu sehen«, sagte er und nahm ungefragt ihr gegenüber Platz.

»Woher dieser Sinneswandel?«, konnte sich Fenja nicht verkneifen, zu fragen. »Noch vor ein paar Monaten war dir nichts lieber gewesen, als mich zu ignorieren.«

Axel verzog das Gesicht. »Ich muss zugeben, dass das ein Fehler gewesen ist. Ein großer sogar.«

Er schnappte sich die Speisekarte von einem Ständer auf dem Tisch, um sie eingehend zu studieren. Einigermaßen fassungslos blickte Fenja ihn an. Das passierte doch gerade nicht ernsthaft? Wie kam er nach allem, was er ihr angetan hatte, dazu, sich einfach selbst einzuladen?

Von ihren Überlegungen schien Axel nichts zu bemerken, da er noch in die Speisekarte vertieft war. Als die Bedienung ihn ansprach, bestellte er sich einen Kaffee und ein Stück Apfelkuchen. Auf die Idee, Fenja zu fragen, ob sie auch noch etwas wollte, kam er nicht.

Dies übernahm die Bedienung, woraufhin Fenja freundlich ablehnte. Wenn sie jetzt noch einen Kaffee trank, würde sie ganz hibbelig werden. Nein, sie würde warten, bis Arndt erschien, und dann mit ihm gemütlich noch ein Getränk einnehmen.

»Was verschafft mir denn nun die Ehre, dass du dich zu mir setzt?«, fragte sie Axel, wobei es ihr gerade noch gelang, sich den Zusatz »zweifelhafte« zu verkneifen.

»Nun ja, ich habe dich durch das Fenster gesehen und mir gedacht, dass es höchste Zeit ist, miteinander zu reden. Das hätten wir schon längst tun sollen.«

»In der Tat.« Mit verschränkten Armen lehnte sich Fenja zurück und beäugte ihn misstrauisch. »Allerdings wäre der geeignete Zeitpunkt gewesen, als du Schluss gemacht hast, und nicht Monate danach. Falls du dich daran erinnerst: Ich habe mehrfach das Gespräch gesucht.«

»Ich habe ja bereits gesagt, dass es ein Fehler gewesen ist.« Er grinste sie jungenhaft an, was früher in ihr ein kribbelndes Gefühl in der Magengegend hervorgerufen hatte. Heute spürte sie nichts dergleichen. »Jetzt bin ich aber da, und wir holen alles nach.«

»Fein«, sagte Fenja, die ihre Unterarme nun vor sich auf die Tischplatte stützte. »Dann schieß mal los, ich bin ganz Ohr. Warum hast du mich ohne eine Erklärung abserviert wie einen räudigen Hund?«

Als Axel eine Hand ausstreckte, um Fenjas linken Unterarm zu berühren, zog sie ihre Arme schnell zurück und verschränkte sie wieder vor der Brust. Der Gedanke daran, dass er sie berühren könnte, verursachte fast schon Ekel in ihr. Zumindest eine starke Abneigung.

Axel schaute sie mit verletztem Blick an, was sie ignorierte. »Um ehrlich zu sein, habe ich eine Affäre gehabt und nicht gewusst, wie ich es dir sagen soll.«

In einer Mischung aus Überraschung und Entsetzen riss Fenja die Augen auf. »Ist nicht dein Ernst!«

»Leider doch. Glaub mir, wenn ich die Zeit zurückdrehen könnte, würde ich es tun.«

Mehrmals räusperte sich Fenja, da sie ihrer Stimme nicht traute. Sie hätte ihm ja viel zugetraut, aber das nicht, obwohl sowohl Mareike als auch Finn den Verdacht geäußert hatten. Sie selbst hatte es sich nicht vorstellen können. Hätte sie es getan, wäre es im Nachhinein eindeutig besser gewesen.

»Und wie lange ging das schon so, als wir noch zusammen waren?«, gelang es ihr in ruhigem Ton zu fragen, obwohl sie ihm am liebsten eine gescheuert hätte.

»Ein paar Wochen«, murmelte er und vermied es, ihr in die Augen zu schauen. »Glaub mir, inzwischen bereue ich es zutiefst. Auch mein Verhalten dir gegenüber. Das war nicht in Ordnung.«

»Allerdings nicht.« Angewidert schüttelte Fenja den Kopf. »Warum hast du es mir nicht gesagt? Du hast doch ohnehin die Beziehung beendet, da hätte es keinen Unterschied gemacht.«

Axel rührte mit einem Teelöffel in seiner Kaffeetasse herum, die nun vor ihm stand. »Es kam mir irgendwie falsch vor und hätte dich noch mehr verletzt.«

»So ein Quatsch! Du warst nur zu feige und hast dich für

den einfachsten Weg entschieden. Wie es mir dabei ging, war dir egal!«

»Mit Feigheit hat das nichts zu tun. Du wärst nur total ausgerastet, wenn ich es dir gesagt hätte.«

Fenja schnaubte. »Das ja wohl zu Recht. Du hättest dich der Situation stellen müssen, und das weißt du auch ganz genau. So hast du mich im Unklaren gelassen, was mir völlig grundlos emotionale Schmerzen bereitet hat. Glaub mir, hätte ich es gewusst, wäre ich viel schneller über dich hinweggekommen.«

»Vielleicht war es ja falsch, was ich getan habe, aber es ist nun nicht mehr zu ändern.«

»Vielleicht?«

»Ja, okay, es war falsch.« Axel hörte auf, in seiner Tasse zu rühren, und blickte sie etwas genervt an. »Bist du jetzt zufrieden?«

»Es hat nichts damit zu tun, ob ich zufrieden bin.« Fast hätte Fenja die Augen verdreht. Typisch für ihn, dass er mal wieder überhaupt nichts verstand. Wie früher dachte er nur an sich, daran hatte sich nichts geändert. »Du warst einfach nur egoistisch. Wie immer.«

Der Ausdruck in Axels Augen wandelte sich in Empörung. »Es ist dir vielleicht egoistisch vorgekommen, doch so habe ich es nicht gemeint!«, sagte er mit erhobener Stimme.

»Wie hast du es dann gemeint? Wolltest du mich etwa sogar vor Verletzungen bewahren?«

»Genau.«

Fenja lachte verächtlich. »Wer's glaubt, wird selig. Mit wem hast du mich eigentlich betrogen?«

»Das tut nichts zur Sache«, erwiderte Axel und winkte ab. »Es ist sowieso vorbei zwischen uns.«

»Warum sagst du mir nicht endlich die ganze Wahrheit? Ich finde, ich habe ein Recht darauf, sie zu erfahren. Und ich verspreche dir, ich werde garantiert nicht ausflippen, da es mir inzwischen egal ist. *Du* bist mir inzwischen egal. Und zwar völlig.«

»Das glaube ich nicht«, sagte Axel, wobei er so klang, als täte er es wirklich nicht. »Du bist immer noch verletzt, das ist alles. Aber gut, wenn du es unbedingt wissen willst: Es war meine Sekretärin Sabine.«

»Oha. Das erklärt einiges.« Fenja griff sich an den Kopf. »Und ich Dummerchen habe tatsächlich gedacht, dass du länger arbeiten musst, wenn du mal wieder bis spät am Abend im Büro warst.«

»Das tut jetzt nichts mehr zur Sache. Zwischen Sabine und mir ist es aus.« Wie vorhin streckte Axel eine Hand aus, um Fenja zu berühren, die daraufhin erneut zurückwich. »Sei nicht so. Ich weiß ganz genau, dass du noch etwas für mich empfindest. Das beruht übrigens auf Gegenseitigkeit, weswegen ich meine, wir sollten es noch einmal miteinander versuchen.«

»Spinnst du?«, fragte Fenja und lachte. »Erstens habe ich keine Gefühle mehr für dich. Zweitens würde ich auch dann den Teufel tun, dich wieder in mein Leben zu lassen, wenn es so wäre.«

»Bedeutet dir unsere gemeinsame Zeit denn gar nichts?« In Axels Gesicht spiegelte sich eine Mischung aus Verletztheit und Überraschung. »Ich dachte, du hast mich geliebt.«

»Das habe ich auch, aber das ist Vergangenheit.« Mit festem Blick schaute sie ihm in die Augen. »Und glaub mir, das meine ich ganz genau so, wie ich es sage.«

Gerade als Axel zu einer Antwort ansetzte, spürte Fenja zwei Hände, die sanft ihre Schultern umfassten. Arndt! Endlich war er da. Mit einem strahlenden Lächeln drehte sie den Kopf schräg nach oben und blickte in seine Augen, die sie mit einem liebevollen Blick bedachten.

»Ich habe dich so vermisst«, sagte er und senkte den Kopf, um sie zu küssen.

Glücklich erwiderte Fenja den Kuss, der ihr wohlige Schauer über den ganzen Körper laufen ließ. Sie verschwendete keinen Gedanken daran, wie es für Axel aussehen musste. Jeglichen Anspruch auf sie hatte er bereits vor Monaten verloren.

Nach der zärtlichen Begrüßung setzte sich Arndt auf einen freien Stuhl. »Willst du uns nicht vorstellen?«, fragte er, wobei er einen neugierigen Blick auf Axel warf.

»Gerne. Das ist mein Ex-Freund Axel. Ich habe dir ja schon von ihm erzählt.«

»Soso«, war Arndts einziger Kommentar darauf. Er wandte sich Fenja zu und ergriff demonstrativ ihre Hand, wie um zu zeigen, dass sie beide nun zusammengehörten.

Belustigt registrierte Fenja den offen stehenden Mund ihres Ex-Freunds. Wie sie ihn kannte, hatte er geglaubt, dass sie für den Rest ihres Lebens um ihn trauern würde. Tja, das dem nicht so war, konnte er nun sehen.

***

Zwei Tage später fand Fenjas Einweihungsparty für ihr kleines Häuschen statt. Alles war komplett eingerichtet, nur den Vorgarten und hinteren Garten musste sie noch auf Vordermann bringen. Da sie gern draußen arbeitete, freute sich Fenja darauf. Dabei würde sie jedoch keine Hilfe mehr brauchen, weswegen sie dafür alle Zeit der Welt hatte, die sie sich auch nehmen würde.

Neben Arndt, Mareike, Finn und ihrer Mutter waren weitere Freunde gekommen. Auch die direkten Nachbarn hatte sie eingeladen. Da das Wetter es zuließ, feierten sie draußen im Garten, der nun erfüllt war von fröhlichem Stimmengewirr.

Am liebsten hätte Fenja auch Max und Moritz dabeigehabt, doch es war besser, dass sie zu Hause blieben. Ansonsten hätten sie nur allen möglichen Unsinn angestellt, worum sie sich an diesem Tag nicht kümmern mochte.

Heute ging es darum, die Fertigstellung von *Haus Meerestraum* zu feiern. Und nicht nur das; Fenja feierte auch den Beginn ihres neuen Lebens. Endlich stand sie wieder auf eigenen Beinen.

Ihre Beziehung mit Axel hatte sie überwunden. Künftig wohnte sie in der Nähe ihrer Mutter und ihrer besten Freunde. Und sie hatte Arndt. Auch die Probleme mit Bent Olafsson gehörten der Vergangenheit an. Die Indizien hatten dem Richter für einen Durchsuchungsbeschluss ausgereicht. Auf Olafssons Computer hatte die Polizei belastende Beweise gefunden und ihn somit überführt. Besser konnte das Leben gar nicht laufen.

Inzwischen machte sich Fenja keine Sorgen mehr darum, dass es nach Arndts Rückkehr in seine Hamburger Wohnung kein Wiedersehen geben würde. Die beiden hatten beschlossen, es mit einer Beziehung zu versuchen, und auf Arndt konnte sie sich verlassen. Er hieß schließlich nicht Axel.

Aus der Küche trug Fenja ein großes Tablett mit belegten

Broten ins Freie, da ein weiteres bereits leer gegessen war. Später würden sie noch grillen und zusammen den Abend genießen.

»Da bist du ja endlich wieder«, sagte Finn und ließ seine Rastazöpfe schwingen. »Ich dachte schon, wir müssen dich suchen gehen.«

Als Fenja das Tablett auf einer Bierbank abgestellt hatte, griffen mehrere Hände nach dem Inhalt. Die gute Meeresluft machte eben hungrig.

Finn stand auf und ging zu Fenja, um ihr einen herzhaften Schmatz auf die Wange zu drücken. »Du bist die Beste«, sagte er. Dann blickte er zu Arndt und zwinkerte ihm zu. »Der war rein freundschaftlich. Nicht dass du wieder auf merkwürdige Ideen kommst.«

»Das kann ich mir bestimmt eine Zeit lang anhören«, erwiderte er und lachte. »Wobei ich zugeben muss, dass ich es auch nicht anders verdient habe.«

Mareike hob einen Zeigefinger. »Einsicht ist der erste Weg zur Besserung.«

»Jetzt lasst den armen Jungen in Ruhe.« In gespielter Entrüstung schüttelte Astrid den Kopf. »Sonst kommt er noch auf die Idee, wir mögen ihn nicht.«

»Keine Sorge, das würde ich niemals mehr denken.« Arndt seufzte. »Außerdem muss ich zugeben, dass ich euren Spott durchaus verdient habe.«

Bis spät in die Nacht saßen die Feiernden zusammen. Inzwischen hatte Fenja ihre jüngst erworbene Feuertonne angeworfen. Alle versammelten sich darum und blickten andächtig hinein.

Eng an Arndt geschmiegt, erfreute sich Fenja am Flackern der Flammen. Orangerot stiegen sie empor und verbreiteten eine fast hypnotische Stimmung. Als Fenja sich vorbeugte, erhitzten sich ihre Wangen binnen kürzester Zeit. Daher lehnte sie sich wieder zurück. In Arndts Armen war es ohnehin viel schöner.

Der Geruch nach verbrennendem Holz drang in ihre Nase und erinnerte sie an die Lagerfeuer am Strand in ihrer Jugend. Sie hatten Würstchen gegrillt, die besser schmeckten, als jeder Ofen hervorbringen konnte. Warum hatte sie das schon so lange nicht mehr mit ihren Freunden gemacht? Es war höchste Zeit, das zu ändern.

Fenja wurde sich bewusst, wie viel Glück sie hatte. Neben einer großartigen Mutter und den besten Freunden auf der ganzen Welt hatte sie eine Arbeit, die sie erfüllte. Und nun spielte sogar die Liebe zu einem Mann in ihrem Leben wieder eine Rolle. Wenn sie ihre Gefühle richtig deutete, diesmal sogar dauerhaft.

Als hätte er ihre Gedanken gelesen, trat Arndt zu ihr und nahm sie in den Arm. »Ich bin so froh, dass ich dich gefunden habe«, flüsterte er ihr ins Ohr.

Glücklich lächelte Fenja ihn von der Seite an. »Und ich erst.«

Nun fiel auch der letzte Rest der Anspannung von ihr ab, die sie in den letzten Wochen begleitet hatte. Ihrer Meinung nach konnte es für den Rest ihres Lebens so weitergehen. Ganz genau so.

Ein Jahr später

»Lass mich dir das abnehmen.« Arndt ging zu Fenja und streckte auffordernd die Arme nach dem Tablett aus, das sie gerade aus der Küche ihres Hauses in den Garten tragen wollte.

Statt zu antworten, warf sie ihm mit gekrauster Stirn einen strengen Blick zu, bevor sie ungerührt weiterging. In letzter Zeit übertrieb er es für ihren Geschmack mit seiner Fürsorge.

Als sie, dicht gefolgt von Arndt, in den Garten trat, stolperte sie fast über die Schwelle. Sie schaffte es in letzter Sekunde, sich abzufangen, indem sie einen raschen Schritt zur Seite tat.

»Lass das bitte Arndt tragen«, sagte Astrid mit besorgter Miene. Sie saß, flankiert von Finn und Mareike, auf einem der Gartenstühle. »Es muss doch nicht sein, dass du dich auf die Nase legst.«

Fenja verdrehte die Augen.

»Jetzt fang du nicht auch noch damit an. Ich bin lediglich gestolpert, was mir früher durchaus auch schon einmal passiert ist.«

»Du musst aber auch an deinen Zustand denken, Fenja-Giesberta!«

»Das mache ich«, erwiderte Fenja und stellte das mit Leckereien beladene Tablett auf dem Tisch ab. »Und ich komme immer wieder zum gleichen Ergebnis: Ich bin schwanger und nicht krank.«

»Jetzt lasst sie doch mal in Ruhe.« Mit einer einzigen geschmeidigen Bewegung schnappte sich Mareike ein Eclair und stopfte es sich in den Mund. »Du und Arndt übertreibt es wirklich mit dem Betüddeln«, sagte sie kauend.

Finn nickte. »Es ist schon beinahe ein Wunder, dass ihr sie noch arbeiten lasst.«

»Zumal ich keinerlei Schwangerschaftsbeschwerden habe«, ergänzte Fenja, die sich mit einem erleichterten Seufzen auf einen Stuhl fallen ließ.

Sie hätte es zwar niemals zugegeben, aber das Gehen wurde immer anstrengender. Dazu waren ihre Füße fast ständig geschwollen, was sie jedoch nicht als Wehwehchen sah. Es war bestenfalls eine klitzekleine Einschränkung, die bald wieder vorbei sein würde.

»Ihr habt ja recht.« Arndt trat hinter seine Verlobte und legte ihr die Hände auf die Schultern. »Es ist nur nicht so einfach. Am liebsten würde ich sie in Watte packen, damit ihr und dem Baby nichts passiert.«

»Na, immerhin sieht er seinen Fehler ein.« Grinsend

wandte sich Mareike an Fenja. »Es besteht also noch Hoffnung.«

»Das sagt er jetzt. Wartet ab, was passiert, sobald ihr alle weg seid. Wenn er so weitermacht, schläft er die letzten Wochen auf dem Sofa.« Das liebevolle Lächeln auf ihrem Gesicht strafte Fenjas Worte allerdings Lügen. Sie griff nach Arndts linker Hand und drückte sie kurz, aber zärtlich.

Er setzte sich auf den letzten freien Stuhl. »Vielleicht hätte ich meine Wohnung doch besser noch behalten«, sagte er in gespielter Verzweiflung. »Das Sofa ist nämlich nicht der Schlafplatz meiner Wahl.«

»Tja.« Fenja zuckte mit einer Schulter. »Wenn dir das Babybett lieber ist, kannst du gerne auch das haben.« Sie kicherte. »Oder du benimmst dich einfach wieder wie ein normaler Mensch und nicht wie ein überbesorgter Vater in spe.«

»Wo sollen wir eigentlich schlafen, wenn wir bei dir übernachten wollen?«, fragte Mareike und zwinkerte ihr zu. »Aus dem Gästezimmer ist ja nun ein Kinderzimmer geworden. Ich weiß zwar nicht, wie Finn es sieht, aber mir ist das Babybett definitiv zu klein. Zumal es auch bald besetzt sein wird.«

»Ihr werdet wohl mit der Couch vorliebnehmen müssen. Groß genug ist sie ja.«

»Bequem ist sie auch. Das bekommen wir locker hin.« Finn trank einen Schluck Kaffee. »Wobei ich weniger anspruchsvoll bin als Mareike.«

Als Antwort streckte sie ihm die Zunge heraus. »Nicht dass du bald auch noch dein Arbeitszimmer abgeben musst«, sagte sie an Fenja gewandt. »Wenn ihr so weitermacht, wird das Haus irgendwann zu klein sein.«

Fenja riss die Augen auf. »Keine Sorge, mein Plan sieht keine Großfamilie vor.«

»Nicht?« Ihr Verlobter warf ihr einen betont unschuldigen Blick zu. »Also ich für meinen Teil dachte an fünf bis sechs Kinder. Mindestens.«

»Das wäre schön«, sagte Astrid und strahlte bis über beide Ohren. »Ich kann mir das vielstimmige Kindergelächter bereits richtig vorstellen.«

»Nichts da. Zwei reichen.«

»Hast du gehört?« Astrid wandte sich an Arndt. »Ein zweites Kind zieht sie schon in Betracht. Du schaffst es bestimmt, sie zu einem weiteren zu überreden. Sag Bescheid, wenn du dabei Hilfe benötigst.«

»Mama!«

»Viele kleine Arndts und Fenjas würden mir aber auch gut gefallen.« Mit leuchtenden Augen zeigte Mareike auf sich. »Ich eigne mich übrigens sehr gut als Babysitter.«

»Nicht nur du«, ergänzte Finn. »Vermutlich würde Fenja kaum merken, wie viele Kinder sie hat.«

»Meine Mutter springt sicher auch gerne ein«, sagte Arndt. »Sie ist fit wie nie zuvor.«

»Oma Astrid steht auch jederzeit zur Verfügung.« Fenjas Mutter tippte sich mit Zeige- und Mittelfinger an die linke Schläfe.

»Themawechsel!«, rief Fenja. »Lasst doch erst mal das eine Kind auf die Welt kommen, bevor ihr weiteren Nachwuchs plant und die Tage verteilt, an denen ihr babysittet.«

Mareike tat ihr den Gefallen und wechselte das Thema. »Was ist denn jetzt mit diesem Olafsson rausgekommen? Hat er sein Geschäft aufgegeben, wie du gehofft hast?«

Ein triumphierendes Lächeln stahl sich auf Fenjas Lippen. »Hat er. Dass er eine saftige Strafe wegen der gefälschten Rezensionen bekommen hat, wisst ihr ja.«

»Ich kann mich noch sehr gut an die darauffolgende Party erinnern«, sagte Finn und grinste.

»Jedenfalls habe ich dann immer wieder nach meinen Rezensionen geschaut und im Zuge dessen auch nach seinen. Tja, was soll ich sagen: Die Mistmade hat inzwischen eine ganze Menge schlechte Rezensionen – und zwar echte. Es kamen immer weniger Kunden und voilà. Olafsson hat tatsächlich aufgegeben.«

»Recht so.« Finn zog die Augenbrauen zusammen. »So

einer hat nicht einmal das Schwarze unter den Fingernägeln verdient.«

»Du verdrehst schon wieder die Tatsachen«, sagte Mareike und seufzte theatralisch. »Das Schwarze unter den Fingernägeln hat *ihn* nicht verdient, muss es heißen.«

Alle lachten.

»Wie läuft es eigentlich mit deinem YouTube-Kanal?«, fragte Finn. »In letzter Zeit hast du gar nichts mehr davon erzählt.«

»Immer besser. Inzwischen habe ich knapp tausend Abonnenten.« Fenja lächelte ihn stolz an. »Ich werde den Kanal daher auf jeden Fall weiter betreiben, um über das Watt und Umweltthemen zu informieren.«

»Wow, das hört sich richtig gut an.« Anerkennend nickte Finn ihr zu.

Eine angeregte Unterhaltung über alle möglichen Themen entspann sich, an der sich Fenja jedoch nicht beteiligte. Sie lehnte sich zurück und streichelte sanft über ihren Bauch. Das Baby strampelte kurz, was sie zum Lächeln brachte.

Bei dem Gedanken, bald Mutter zu sein, stieg ein gewaltiges Glücksgefühl in ihr auf. Dass sie dazu den perfekten Mann an ihrer Seite hatte, machte alles noch viel schöner.

Die Zeit vor über einem Jahr, in der sie unglücklich gewesen war, verblasste bereits in ihrer Erinnerung. Genauer gesagt, dachte sie kaum noch daran. Wenn sie es tat, freute sie sich umso mehr über das Glück, das ihr nun beschieden war.

Sie warf einen Blick zu Arndt, der ihn erwiderte, sobald er ihn bemerkte. Das liebevolle Lächeln, mit dem er sie daraufhin bedachte, ließ ihr das Herz aufgehen. Als würde das Baby es spüren, strampelte es mehrmals in ihrem Bauch.

Erneut strich Fenja sanft darüber und ließ ihre Hand liegen. Die federleichten Berührungen würden sich schon bald in ein kräftiges Treten verwandeln, wenn das Baby noch ein Stück gewachsen war.

Mit einem Kind würde sich ihr Alltag sehr verändern, das war Fenja klar. Doch sie freute sich sehr darauf, Mama eines kleinen Jungen zu sein. Sicher würde nicht immer alles ein reines Zuckerschlecken werden, das gab es nicht einmal im Märchen. Aber sie hatte Familie, Freunde und den besten Mann an ihrer Seite, den sie sich vorstellen konnte. Schöner konnte das Leben nicht sein.

Ende

Olivia Anderson
Finding Love
Roman
276 Seiten. Klappenbroschur
ISBN 978-3-98751-044-1
Auch als E-Book lieferbar

Finding Love in Alaska?

Als Loreley für ein neues Projekt nach Glacy City in Alaska aufbricht, ahnt sie nicht, was auf sie zukommt. Schlammige Straßen, schiefe Häuser und kauzige Einwohner statt der erwarteten Idylle. Aber nicht nur die völlig falsche Kleidung und ein groß angelegter Holzdiebstahl halten Loreley auf Trab. Da ist auch der wortkarge, aber gut aussehende Logan Finnley, der ihr einfach nicht mehr aus dem Kopf geht. Doch kann sie ihm vertrauen, oder sind die Betrugsvorwürfe gegen ihn berechtigt?

Die perfekte Mischung aus Enemies to Lovers und Small Town Romance

Regelmäßige Informationen erhalten Sie über unseren Newsletter.
Jetzt anmelden unter: www.aufbau-verlage.de/newsletter

more

Anne Labus
Die kleine Töpferei im Glück
Roman
367 Seiten. Broschur
ISBN 978-3-98751-032-8
Auch als E-Book lieferbar

Neues Glück in Busby

Moya ist mit Leidenschaft Töpferin, doch als man ihre Firma auf industrielle Produktion umstellt, weiß sie, dass sie ihr Leben ändern muss. Im malerischen Busby entdeckt sie ein verlassenes Cottage mit einer alten Töpferei. Moya verliebt sich sofort in das Haus. Gemeinsam mit ihrem eigensinnigen Rauhaardackel Mister Miller und ihrem Kollegen Robin wagt sie den Neuanfang. Doch als Robins Mutter schwer erkrankt, drohen alle Pläne zu scheitern ...

Irrungen und Wirrungen in einem beschaulichen irischen Dorf – charmant und atmosphärisch erzählt

Regelmäßige Informationen erhalten Sie über unseren Newsletter.
Jetzt anmelden unter: www.aufbau-verlage.de/newsletter

more

Bente Sommer
Kleine Pfoten, großes Glück – Rückkehr auf die Insel
Roman
256 Seiten. Broschur
ISBN 978-3-98751-021-2
Auch als E-Book lieferbar

Sommer, Sonne und vier Pfoten

Vor Jahren ist Clara von Langeoog nach Berlin gezogen, um Tierärztin zu werden. Ein Beruf, den sie über alles liebt. Doch nun ist ihre Mutter ernsthaft erkrankt und bittet sie, für einen Sommer zurückzukehren. Ohne Zögern willigt Clara ein, die Großstadt gegen das beschauliche Inselleben zu tauschen – auch weil sie die unschöne Trennung von ihrem Freund hinter sich lassen möchte. Von Männern hat sie nun wirklich genug. Bis ihr der charmante Hundebesitzer Paul über den Weg läuft. Und dann gibt es auch noch Inseltierarzt Doktor Breden, der zwar sehr attraktiv ist, sie aber mit seiner mürrischen Laune zur Weißglut treibt.
Von der anonymen Großstadt zurück auf die beschauliche Insel – eine turbulente Liebesgeschichte mit Liebe, Sand und Meer

Regelmäßige Informationen erhalten Sie über unseren Newsletter.
Jetzt anmelden unter: www.aufbau-verlage.de/newsletter

more